KB164656

오목눈이의 사랑

이순원 장편소설

오목눈이의 사랑

이 세상,

모든 생명의 어머니께

이 글을 바칩니다.

| 차례 |

| 일러두기 |

본문 중에서 보다 자세한 정보가 필요한 내용은 *로 표시했습니다. 관련 내용은 본문 끝에 있습니다.

뱁새
한 마리

뱁새라니.

아니, 그렇게 부르지 말고 좀 제대로 불러 봐.

그러면 붉은머리오목눈이.

그래. 그것이 우리 이름이다. 몸은 참새보다 작고, 눈은 오목하다. 꼭 다물었을 때의 부리는 작은 삿갓조개를 붙여 놓은 것처럼 뭉툭하다.

그중에서도 내 이름은 육분이.

그렇게 말하면 다들 되묻는다. 육분이?

무슨 새 이름이 그러냐는 뜻일 것이다.

그런데 맞다. 그것이 내 이름이다. 육분이.

왜 그런 이름을 가지게 되었는지, 이름이 주는 기쁨과 서운함, 사랑스러움에 대한 얘기부터 먼저 해야 할 것 같다. 내가 이 세상에 태어나 제일 처음 얻은 게 바로 그것이니까.

3년 전 봄의 일이다.

다른 붉은머리오목눈이보다 꽁지가 짧아 콩단이라고 불리던 내 어머니는 우리 오목눈이 중에서도 집 짓는 기술이 가장 뛰어난 아버지와 함께 가지 많은 앵두나무에 둥지를 지었다. 매자나무나 찔레나무가 아닌 앵두나무인 걸로 보아 아마 사람 사는 마을 울타리 옆인 듯하다. 어머니와 아버지는 산속이나 물가 갈대숲보다 그곳이 더 안전하다고 여겼다.

거기는 사람의 눈길이 무서워 새매도 찾아오지 않는다. 둥지를 지을 줄 몰라 우리 둥지에 몰래 알을 낳고 가는 뻐꾸기도 거기까지는 잘 날아오지 않는다. 우리가 늘 무서워하고 경계하는 누룩뱀도 다른 곳보다 덜 얼씬거린다.

제비가 절벽 끝 바위 밑이나 산속 커다란 나무에 집을 짓지 않고 굳이 사람 사는 집 처마 밑에 집을 짓는 것도 그곳이 새끼를 키우기엔 산이나 들보다 안전하다고 여기기 때문이다. 사람 손만 타지 않으면 숲속에서 우리를 노리는 온갖 무서운 것들로부터 오히려 안전한 곳이 사람 사는 마을 언저리다. 집을 지으며 어머니와 아버지는 그렇게 생각했다.

나는 그곳에서 알을 까고 나왔다. 어머니와 아버지가 번갈아 가며 우리 형제를 품은 지 13일 만이었다. 누구보다 이해심 많고 어머니에 대한 배려가 깊은 아버지가 더 많은 시간 둥지를 지키며 알을 품었다. 아버지뿐 아니라 우리 모든 오목눈이의 남편이 그렇게 한다. 나보다 먼저 알을 까고 나온 세 마리의 형제는 그날 낮부터 오후까지 아버지가 둥지를 지킬 때 깨어났다. 나는 해가 진 다음 앵두나무 잎 사이로 따뜻한 바람이 불어오던 저녁에 알을 까고 나왔다. 그때는 어머니가 둥지에서 알을 품었다.

내가 알에서 막 나왔을 때 어머니 콩단은 내가 나온 알껍데기의 흔적을 없애는 일부터 했다. 어머니는 둥지에서 또 한 마리의 새끼가 태어났다는 기쁨보다 조금은 비감스러운 기분으로 내 알껍데기를 차곡차곡 씹어 삼킨 다음 눈을 들어 멀리 서녘 하늘을 바라보았다. 이제 막 별이 돋기 시작했다.

"이상한 일이네."

어머니가 바라보는 서녘 하늘의 사자자리와 뱀자리 사이에서는 평소엔 잘 보이지 않던 아주 작고 희미한 육분의자리*만 오롯하게 눈에 들어왔다. 서쪽 하늘 전체를 지배하듯 자리 잡고 있는 사자자리와 뱀자리는 무엇에 가린 듯 어느 별도 보이지 않았다. 어머니 콩단은 그 광경을 신기한 듯 바라보았다.

"참 이상한 일이야."

"뭐가?"

둥지 옆에 앉아 어머니를 지켜보던 아버지 오목눈이가 물었다.

"저 불 같은 성격의 사자와 영리하고도 포악한 뱀이 함께 눈을 감고 몸을 감추다니."

그 말에 아버지도 오목한 눈을 더욱 오목하게 뜨고 서녘 하늘을 바라보았다.

"정말 그러네."

"살다 보니 이런 날이 다 있네. 구름도 끼지 않았는데 서녘 하늘에 육분의만 보이는 날이."

이제 막 껍데기를 까고 나온 나는 아직 눈을 뜨지 못해 둥지 바닥도 하늘도 바라볼 수 없었다. 바라본다 해도 무엇이 육분의인지, 또 무엇이 사자자리고 뱀자리인지 알지 못했을 것이다.

어머니는 오랫동안 하늘을 바라보다가 눈도 뜨지 못한 내게 말했다.

"지금 막 알을 깨고 나온 막내야."

나는 어머니 배 밑에서 몸을 꼬물꼬물 움직였다.

"네 이름은 저 서녘 하늘의 육분의다."

붉은머리오목눈이로 태어나 비록 몸집은 작아도 저 육분의처럼 세상 곳곳을 잘 살피고 자기가 앉은 자리도 잘 살피라는 뜻이었을 것이다. 그러나 그것은 내 착각이고, 어머니는 단지 그때 어머니 눈에 육분의가 들어와 그렇게 이름 지었던 것 같다. 그날 저녁 별들의 이상한 운행과 자리매김으로 내 이름은 육분의가 되었다.

태어나 이틀 만에 눈을 떴을 때 둥지 위로 파란 하늘에 배처럼 떠 있는 앵두나무 잎과 새빨간 앵두알이 보였다. 세상에 저토록 황홀한 빛이 있다니. 눈을 떠 처음 본 하늘과 거기에 보석처럼 박혀 있는 앵두알이 내 작은 가슴 속의 심장을 두드리는 것 같았다.

그날 저녁 나는 나를 포근하게 감싸고 있는 어머니의 날개깃 사이로 서녘 하늘에 다른 별자리보다 작고 앙증스러운 모습으로 자리 잡고 있는 육분의도 잘 보았다. 나는 내 이름의 별자리에게 인사했다.

"안녕? 작아서 더 아름다운 별들아. 너희가 내게 이름을 주었구나."

그것은 나 자신의 존재에 대한 무한한 긍지와 사랑이었다.

그러나 자라는 동안 다들 나를 육분의라고 부르지 않고 육분이라고 불렀다. 그럴 때마다 나는 항의하듯 내 이름은 육분이가 아니라 육분의라고 수도 없이 말해 주었다. 그것은 마치 다른 새들이 우리를 붉은머리오목눈이라는 이름을 두고도 뱁새라고 깔보며 부르는 것과 같았다. 왜 그렇게 부르면 안 되는지 아무리 말해 줘도 소용이 없었다. 다른 오목눈이들은 물론 한 둥지 안의 형제들까지 그렇게 부르자 맨 처음 내 이름을 지어 준 어머니도 나중엔 어쩔 수 없다는 식으

어머니는 단지 그때 어머니 눈에 육분의가 들어와

그렇게 이름 지었던 것 같다.

그날 저녁 별들의 이상한 운행과 자리매김으로

내 이름은 육분의가 되었다.

로 "육분아, 육분아" 하고 나를 불렀다. 때로는 그 말이 팔푼이 칠푼이보다 모자란 육푼이처럼 들리기도 해 나는 어머니에게도 따지듯 말했다.

"다른 새들은 그렇게 불러도 엄마는 좀 그렇게 부르지 마."

"왜?"

"엄마까지 그렇게 부르면 내가 하늘에 올랐다가 땅으로 내려오는 것 같잖아."

"네 이름이 아무리 육분이어도 우리 붉은머리오목눈이는 하늘로 솟아오르는 새가 아니란다."

"그렇게도 좀 말하지 말고."

"왜? 하늘로 솟아오르려고?"

"못 오를 것도 없지. 멀리도 날아가고."

어른들 말에 꼬박꼬박 대꾸하던 나는 꽁지가 짧은 붉은머리오목눈이 콩단의 넷째 딸 육분이다. 아니, 육분의다.

남이 들으면 여섯 형제의 막내인 줄 알 것이다. 내 이름엔 그런 단순한 서열의 순서가 아니라 보다 심오하고 깊은, 우주 운행의 질서가 담겨 있다는 것을 알아주었으면 좋겠다. 그것이 내 이름이다. 다들 봄밤 하늘을 쳐다볼 때 일부러라도 내가 있음직한 자리를 한번 바라봐 주기를 바란다.

봄날 저녁이 아니어도, 서녘 하늘이 아니어도…….

세상에
저런 새가 있구나

내가 늦은 봄날 저녁 둥지 안에서 바라본 별자리 말고, 진짜 육분의를 본 것은 태어나던 해 여름이 가고 가을이 올 때였다.

이때쯤 우리 오목눈이는 번식기가 완전히 끝난 다음이라 수십 마리씩 무리 지어 사이좋게 살아간다. 황조롱이나 새매 같은 침입자가 나타나면 서로 재빨리 알려 관목과 덤불 사이로 숨는다. 날카로운 가시나무 사이로도 우리는 꽁지를 좌우로 흔들며 요리조리 피해 다닌다. 먹이도 무리 지어 함께 먹으러 다닌다.

조금은 지루한 여름비가 끝나고 하늘 맑은 날이 스무 날 넘게 이어졌다. 이렇게 화창한 날씨 속에 세상의 꽃들이 저마다 씨앗을 익혀 가고 있었다. 바로 그때쯤 굉장한 바람이 불어왔다. 처음엔 바람보다 먼저 약간의 소금기 같은 것이 공기중에 맡아졌다.

큼큼.

"어디서 온 냄새지?"

"이건 완전히 다른 땅의 냄새인데."

그해 봄과 여름에 태어난 새내기 오목눈이들은 연신 코를 큼큼거렸다. 나도 다른 새들처럼 그 냄새를 맡았다. 태어나 익숙하게 맡던 나무 냄새나 풀 냄새와는 전혀 다른 냄새였다. 나중에야 우리는 그것이 아주 깊은 바다 속에서 자라는 해초 냄새라는 걸 알았다. 거기에 섞인 소금기가 까닭 없이 우리를 불안하게 했다.

"지금 너희가 다른 땅이라고 말하는 게 실은 땅이 아니라 바다란다."

지금까지 여덟 번의 여름과 가을을 넘겨 본 경험 많은 오목눈이가 말했다.

"바다요?"

"그래. 저 산 위로 날 때 멀리 파랗게 바라보이는 바다 말이야."

"전에 맡은 바다 냄새와 달라요."

"당연히 다르지. 지금 너희가 맡은 건 저 산 너머 바다 냄새가 아니라 아주 먼 바다 냄새란다. 기어이 큰바람이 오려나 보네."

"이번에 오는 바람은 이름이 메아리래요."

한 동네에 사는 우리 붉은머리오목눈이들 중에서도 가장 호기심 많고 바깥소식도 빠른 부들이가 말했다. 그는 나보다 한 해 먼저 부들 숲에서 알을 까고 나와 이미 이번 봄과 여름에 자기 새끼를 키워 낸 어미 새였다.

"메아리?"

"예. 사람들이 산에 사는 메아리처럼 그냥 지나갔다는 소리만 남기고 다른 흔적은 남기지 말라고 이름을 그렇게 지었대요."

"그래도 이름과 달리 많은 흔적을 남기겠는걸."

"그럼 어떡해요?"

우리는 다시 불안해졌다.

"바람이 불면 모두 숲속으로 들어가. 절대 큰 나무 뒤에 숨지 말고 작은 떨기나무나 억새 수풀 아래로 들어가 있어."

남쪽 먼바다에서 만들어졌다는 그 바람은 땅 위에 있는 모든 것을 하나도 남김없이 날려 버리듯 불어왔다. 나는 미리 들은 대로 가까운 억새 숲으로 들어갔다. 바람은 시작부터 잔뜩 화가 난 듯했다. 처음엔 약하고 나중엔 강하게, 그런 정도의 자비도 없었다. 나는 경험 많은 오목눈이가 말해 준 것처럼 바람이 불어오는 쪽으로 부리를 향하고 최대한 몸을 낮췄다. 억새도 땅에 눕듯 바짝 몸을 숙였다. 그러자 잠시 전까지 허술해 보였던 억새 대궁이 우리 몸을 촘촘하게 감싸 방패처럼 보호해 주었다. 아, 그래서 큰 나무 뒤로 숨지 말고 억새 숲으로 가라고 했구나.

바람은 땅에 납작 엎드린 억새 대궁 위로 밤새 갈퀴를 매단 전차처럼 지나갔다. 구름까지 몰고 와 엄청난 양의 비를 쏟아부었다. 억새도 숲속의 나무들도 연신 비명을 질렀다. 어둠 속 곳곳에서 나무가 부러지는 소리가 벼락 치듯 들렸다. 저렇게 큰 나무도 부러지고 마는데 나는 지금 우리 몸을 보호하고 있는 억새 대궁들도 모두 허리가 부러졌을 거라고 생각했다.

그러나 나무들과 달리 폭풍우가 지나간 아침 억새들은 땅에 바짝 숙였던 몸을 천천히 일으켜 세웠다. 우리도 아무 일 없었던 것처럼 숲속에서 나왔다. 바람이 할퀴고 간 흔적으로 곳곳이 파이고 끊어지고 막혔다. 바람의 이름만 메아리였다.

세상은 한바탕 난리가 난 것 같은데 그 바람과 홍수 속에 사라지거나 깃털 하나라도 다친 오목눈이는 없었다. 몸이 작아도 우리는 밤새 폭풍우를 이겨 내고 금방 평정을 되찾았다. 오히려 급한 사정은 바람 때문에 하루 종일 굶어 홀쭉해진 배였다. 모두 허기를 채우러 방죽으로 수크령* 씨앗 털이를 나갔다.

우리가 갔을 때 우리보다 더 많은 무리의 참새가 방죽 옆 논으로 몰려와 간밤의 폭풍우를 이겨 낸 잔치를 벌이듯 아직 익지 않은 벼의 벼즙 털이를 하고 있었다. 사람들은 우리를 뱁새라고 깔보아도 우리는 사람들이 심어 놓은 곡식엔 거의 입을 대지 않았다. 곡식 알갱이가 잔 깨알 털이나 벼즙 털이도 참새들의 일이지 우리는 논둑과 밭둑의 풀씨면 충분했다. 어디에 숨어 있다가 오는지 멧새도 떼를 지어 날아오고, 비둘기도 두 마리씩 짝을 지어 날아와 여물어 가는 이삭을 쪼았다. 숲속의 새들이 죄다 거기에 모여드는 듯했다. 표 나게 긴 꽁지를 가진 꿩도 짧은 꽁지의 아내와 함께 논으로 날아와 이삭을 줄기째 훑었다.

우리가 논 바로 옆 방죽의 수크령 씨앗 털이를 하는 동안 부들이는 연신 다른 새들 사이로 오갔다.

"쟤는 저러다가 밥도 제대로 못 먹겠네."

"부들이는 아무리 배가 고파도 궁금한 건 못 참거든요."

"그래, 부들이가 저러니 우리가 세상 소식을 알고 살지."

어느 정도 허기를 채우자 호기심 많은 부들이가 내 옆으로 다가왔다.

"육분아. 너 하늘의 것 말고 진짜 육분의를 본 적이 있니?"

"그게 땅에도 있어?"

나는 육분의가 하늘에만 있는 줄 알았다. 내가 어머니 콩단이 잡아 주는 먹이를 먹고 자라 둥지 밖으로 나왔을 때는 여름이 가까워져 내 이름을 대신하던 육분의자리도 서쪽 하늘 너머로 사라지고 말았다. 다음 해 봄이 되어야 다시 만날 수 있었다.

"원래는 땅에 있는 거지. 하늘의 것은 땅의 것 이름을 따서 붙인 거고."

"어디에 있는데?"

"멀지도 않아. 저 산 너머 바다."

"그럼 그것도 바람에 날아온 거야?"

나도 갑자기 궁금한 것이 많아졌다.

"글쎄. 그렇게 말할 수도 있겠네. 어쨌든 바람 때문에 온 거니까."

호기심 많은 부들이가 바다까지 갈 몇 마리의 오목눈이를 추렸다. 진짜 육분의를 보러 가는 건 즐겁고 설레는 일이지만 그곳까지 갔다 오는 게 안전하지만은 않기 때문이었다. 부들이 자신과 원래 이름이 육분의에서 육분이로 바뀐 나와, 또 나와 함께 알을 까고 나온 형제 새인 싱아와 물양지였다. 형제 새의 이름은 둘 다 우리가 태어나던 계절에 피는 꽃들로 그때 알을 품고 있던 아버지가 지어 준 것이었다.

산달래라는 또 한 형제가 있었는데, 그는 우리가 막 둥지 밖으로 나와 아직 잘 날지도 못할 때 나는 연습을 하다가 우리 모두가 지켜보는 앞에서 아버지와 함께 앵두나무집의 사나운 고양이에게 물려 죽었다. 고양이가 땅에서 폴짝이는 산달래를 공격할 때 아버지가 산달래를 구하려고 나섰다가 함께 변을 당했다.

어머니의 죽음도 그 일과 관계가 없지 않았다. 그때 우리는 식욕이 가장 왕성하면서도 아직 제대로 날지 못해 스스로 사냥할 수 없었다. 어머니 혼자 세 자식을 먹여 살리느라 아침부터 저녁까지 쉴 새 없이 사냥하면서도 정작 어머니 목구멍 너머로는 벌레 한 마리 삼키지 못했다. 어머니는 지난해 땅에 떨어진 작은 씨앗 몇 알로 허기를 다스리곤 했다. 그런 줄도 모르고 우리는 어머니가 잡아 오는 벌레를 서로 받아먹겠다고 형제들끼리 싸우듯 재잘거리며, 또 어머니에게도 지지 않고 꼬박꼬박 말대꾸를 하며 저 잘났다는 듯이 자랐다.

여름이 되어 다른 어른 오목눈이들이 다시 짝을 맺어 둥지를 지을 때 어머니는 우리를 기르는 데 너무 지쳐 여름 둥지를 짓지 못했다. 한여름까지는 무리 속에 힘없이 앉아 있는 어머니를 보았다. 그러다 어머니는 이 세상에서 가장 수척한 새의 모습으로 우리에게조차 온다 간다 말 한마디 없이 숲을 떠났다. 어머니뿐 아니라 죽음을 맞이하는 새들이 대개 그렇게 숲을 떠났다.

육분의는 산 너머 바다 항구에 큰바람을 피해 온 군함 안에 있었다. 항구에는 크고 작은 배가 여러 척 있었다. 군함은 항구 제일 왼쪽에 따로 정박해 있었다. 많은 무기를 갖춘 배인 만큼 부두에도 배 위에도 군인들의 경계가 삼엄했지만 우리까지 두려워할 일은 아니었다.

"이리로 와."

자기도 처음 왔을 텐데 어디서 미리 들은 게 많은 부들이는 정말 모르는 게 없었다. 부들이가 군함의 어느 방 창 앞으로 우리를 안내했다.

"저게 육분의야."

거기 책상 위에 활의 폭이 좁은 석궁 같은 모습의 육분의가 놓여 있었다. 별자리로 말고는 처음 보는 기구인데도 나는 그것을 보는 순간 내 이름의 영감처럼 이미 익숙하게 그것의 쓰임새를 알았다. 눈을 대는 렌즈와 두 개의 반사거울과 망원경이 달려 있고, 활과 같은 테두리에 눈금 각도가 그려져 있는 그것은 하늘에 떠 있는 해와 달과 별의 높이를 측정하는 데 쓰는 기구였다.

배가 먼바다로 나갈 때 해와 달과 별의 각도를 측정해 지금 배가 있는 곳의 위치를 알아내는 데 쓰였다. 석궁을 닮은 바깥 테두리의 폭이 좁아 보이는 것은 이름 그대로 육분의이기 때문에 전체 원의 6분의 1 각도(60도)만큼 모양을 가지고 있어서였다. 그보다 폭이 더 좁은 팔분의도 있고, 그보다 넓은 오분의, 사분의도 있지만 육분의를 가장 많이 쓴다고 했다.

아무리 그날 내가 알을 까고 나오던 시간의 별자리 모습이 그랬다 해도 어머니는 어떻게 저 육분의를 내 이름으로 쓸 생각을 했는지. 둥지에 대한 선택의 실수가 있어도 어머니 콩단은 정말 놀라운 기지와 상상력을 가진 오목눈이였다. 아마도 새가 아니라 사람으로 태어났다면 어머니 콩단은 분명 이 세계에서 가장 큰 망원경을 가진 천문대의 별지기가 되어 저 별자리 너머의 세상을 살폈을 것이다. 아니, 어쩌면 지금쯤 하늘의 천문대에서 일을 하고 있을지도 모른다.

"와 보니 어때?"

"다 알 것 같아."

"무얼?"

"저 육분의에 대해서."

내가 그렇게 말한 것은 그냥 그것의 쓰임새만이 아니었다. 우리가 창문 너머로 바라보고 있는 그것이 똑같은 모양으로 내 머릿속으로 들어와 이제 하늘을 날 때든 나뭇가지에 앉아 씨앗 털이를 할 때든 내가 있는 곳의 위치와 해와 달과 별의 위치를 정확하게 알 수 있게 되었다는 뜻이었다.

나는 진심으로 부들이가 고마웠다.

우리는 군함과 항구에 정박해 있는 다른 고깃배 위를 낮게 돌고 있는 갈매기도 만났다. 그들은 바다 수면 위로 올라오거나 파도에 밀려 나오는 작은 고기를 주로 잡아먹지만 우리 같은 작은 새들도 닥치는 대로 공격했다. 그러나 우리가 만난 곳이 총을 든 사람들의 경계가 삼엄한 군함 위였다. 갈매기도 일단 배 위에 앉아 날개를 접은 다음엔 그곳을 지키는 사람들의 눈치를 살펴야 해서 우리에게 함부로 할 수 없었다.

"어이, 못 보던 친구들, 너희들은 어디서 왔냐?"

한 갈매기가 조금 껄렁한 태도로 말을 걸어왔다.

"저기 산맥 아래에서."

"바람에 날아온 거냐?"

"아니, 우리가 날아왔지. 군함이 들어왔다고 해서."

이미 그런 상황도 예상하고 있었던 듯 부들이가 말을 걸어온 갈매기와 조심스럽게 얘기를 나눴다. 갈매기는 우리보다 몸집이 크고 날렵한데도 발에 물갈퀴를 가졌다. 이제까지 산에서 우리가 본 물갈퀴를 가진 새는 뒤뚱거리며 걷는 오리뿐이었다. 아까 공중을 돌 때 보니까 갈매기는 매우 날카로운 부리를 가지고 저희들끼리도 연신 싸우듯 시끄럽게 떠들었다. 파도 소리 속에서 이야기를 하느라 목소리까지 부리처럼 날카로워진 듯했다.

"여기는 우리 구역이야. 무얼 하러 왔는지 모르지만, 너희들도 저쪽에 사람들한테 붙잡혀 있는 날개만 빠른 바보처럼 길을 잃지 말고 얼른 돌아가는 게 좋을 거야."

"날개만 빠른 바보?"

갈매기가 말하는 건 군함새였다. 이곳에 사는 새가 아니라 큰 바다 적도 부근에 사는 새였다. 날개를 펼치면 매보다 훨씬 크지만 몸은 작고 가벼워 이 세상에서 가장 빠르게 나는 새였다. 군함새라는 이름도 날쌔게 나는 모습이 바다에서 빠르게 이동하는 구축함을 닮아서 붙여진 것이라고 했다.

"그런 새가 어떻게 여기까지 왔는데?"

다시 부들이가 조심스럽게 물었다.

"아까 바다에 잘못 앉아 퍼덕거리는 걸 봤는데 날개폭이 좁고 길어. 그래서 빨리 나는 건데 아무리 빠르게 날면 무얼 하냐? 바람 속에 길을 잃고 자기가 어디로 가는지도 모르고 여기까지 날아와 바다에 빠졌는데."

갈매기는 다시 자기보다 빠른 군함새를 반쯤은 시기하고 조롱하듯 말했다. 그렇지만 그 새는 섬도 없는 바다 한가운데서 생활할 때 두 달 동안 한 번도 땅에 내리지 않고 비행할 수도 있다. 그럴 때는 잠도 공중에 뜬 채로 쪽잠을 잔다고 했다.

"그럼 그동안 아무것도 안 먹어?"

연이어 부들이가 물었다.

"그럴 수야 없지. 누구든."

"그럼 뭘 먹어?"

"여기서 조금 더 먼 바다로 나가면 새도 아닌데 물 위로 날아다니는 날치라는 고기가 있어. 날치가 바다 속에서 상어를 피해 공중으로 뛰어오를 때 그걸 지켜보다가 날쌔게 덮치는 거지."

나는 날치와 군함새를 본 적이 없지만 그 그림은 바로 상상이 되었다. 우리가 잠자리와 메뚜기와 벌을 잡을 때 그랬다. 공중을 날다가 먹이가 보이면 위에서 아래로 쏜살같이 내려가 단번에 부리로 먹이의 몸을 낚아챘다.

"그리고 공중에서 다른 새들이 잡은 물고기를 낚아채 먹기도 하고."

"그건 좀 신사적이지 않은데."

"빠른 날개를 그런 데 쓰는 거지."

"얼마큼 빠른데?"

"평소엔 우리처럼 천천히 떠돌다가 바다 위에서 날치 떼를 만나면 시속 200킬로미터 속도로 쫓아가지. 그러다가 먹이를 채러 내려갈 때는 그보다 두 배 속도를 낸다고 해."

"우와."

저절로 감탄이 나왔다. 그건 같은 새로서도 상상이 안 되는 속도였다.

“그렇게 빠른 새가 어떻게 잡혔어?”

“빠르기만 하면 무얼 하냐? 저 새는 날개가 길지만 다리가 짧아서 한번 물에 빠지게 되면 우리처럼 다시 그걸 박차고 날지 못하는걸. 날개가 큰 게 하늘을 날 때는 좋은데 물을 박차는 데는 오히려 방해가 돼서 자꾸 앞으로 꼬꾸라지는 거지.”

갈매기는 그 점에 대해서만큼은 자기들의 날개와 물갈퀴를 자랑으로 여기는 듯했다.

“어제 큰바람이 불어올 때 바람에 떠밀려 여기까지 날아왔다가 물 위에서 기진맥진 허우적거리는 걸 사람들이 잡아서 보호하고 있는 거지. 너희도 이제 그만 돌아가도록 해. 해가 진 다음에 길을 잃지 말고.”

갈매기도 태도만 껄렁할 뿐 나름 친절하게 우리에게 설명해 주었다. 그 새가 어떻게 생겼는지 궁금했지만, 우리는 사람들이 보호하고 있는 군함새를 직접 보지는 못했다. 대신 갈매기의 이야기를 듣는 동안 나 육분이 머릿속으로 어떤 깨달음 하나가 빛처럼 들어왔다.

그래.

문제는 속도가 아니라 방향이야.

우리처럼 많은 것들에게 쫓기며 사는 오목눈이에게 빠른 것이야말로 부러운 일이지. 그렇지만 빠른 것이 모든 것을 다 해결하지는 않아. 날아가는 속도보다 어디로 갈지, 지금 내가 어디에 있는지 정확한 위치와 방향을 아는 게 더 중요하지. 이제 내 머릿속에 들어온 육분의로 언제나 바른 방향을 잡고 나는 거야.

낯선 곳이고 갈매기가 또 어떻게 변할지 몰라 오래 머물지는 못했지만 내게는 설레고 의미 있는 나들이였다. 이제까지 늘 산 아래 동네에서만 놀았는데 태어나 가장 멀리 갔다 온 날이기도 했다. 다시 산으로 돌아오는 길, 나는 우리가 돌아가는 산의 높이와 지는 해의 고도를 내 머릿속 육분의로 계산해 보았다.

해발 표고 832미터.*

작지만 내 날갯짓이 더 힘차졌다. 평소보다 조금 더 높이 날아 보았다. 그러다 문득 갈매기나 군함새처럼 큰 바다를 가로질러 날아가는 내 모습을 상상해 보았다. 만약 그런다면, 또 그럴 수 있다면 그때도 문제는 속도가 아니라 방향일 것이다.

어디로 날아가든 바른 방향에 대한 생각을 잊지 말아야 할 것이다.

세 번이나
뻐꾸기 새끼를 키우고

다음 해 봄 나는 처음으로 짝을 짓고 둥지를 지었다. 네 개의 알을 낳아 네 마리의 새끼를 길러 내며 처음으로 오목눈이의 엄마가 되었다.

여름에도 짝을 만나 둥지를 지었다. 봄처럼 네 개의 알을 품었지만, 그중 표 나게 큰 알 하나만 부화시켰다.

그다음 해 봄과 여름에도 그랬다. 봄에는 네 마리의 새끼를 길러 냈고, 여름에는 둥지 안의 가장 큰 알 하나에서만 새끼가 태어났다. 형제 새 물양지가 우연히 내 둥지 위를 지나가다가 둥지 안에 있는 어마어마하게 몸집이 큰 나의 새끼를 보고 입을 딱 벌렸다.

"얘, 육분아. 너 어떻게 하려고 그래?"

"어떻게 하긴 뭘 어떻게 해? 고생스럽더라도 크게 낳은 새끼 크게 키워야지."

나는 그것을 오히려 자랑처럼 말했다. 형제 새 물양지는 혀를 쯧쯧 찼다. 그때 나는 물양지가 왜 혀를 찼는지 몰랐다.

그다음 해 여름 역시 마찬가지였다.

그렇게 3년이 지나 지금 내 나이 세 살이 되었다.

우리 붉은머리오목눈이는 일 년에 두 번, 봄과 여름에 알을 낳아 새끼를 기른다. 나도 태어난 다음 해부터 알을 낳아 새끼를 기르던 중에 두 번에 한 번은 우리 붉은머리오목눈이 새끼가 아닌 뻐꾸기 새끼를 길렀다. 내 둥지에서 여러 개의 알 중에 하나만 부화되어 크게 자란 새끼가 바로 뻐꾸기였다. 지난 3년 동안 세 번이나 남의 새끼를 길러 낸 셈이다. 머릿속 육분의로 숲속에 둥지 위치를 잘 잡아도 그랬다.

우리 새들에게도 예부터 내려오는 말이 있다.

처음 한 번 속을 때는 속인 쪽이 나쁘다.

우리 붉은머리오목눈이와 뻐꾸기 사이의 일이다.

뻐꾸기는 둥지를 지을 줄도 알을 품을 줄도 모른다. 누가 봐도 새로서 가장 기본적인 것을 할 줄 모르는 바보 같은 새다. 아는 건 남의 둥지에 몰래 알을 낳는 것뿐이다. 그런 바보 같은 새에게 우리 붉은머리오목눈이가 속는다.

사람 사는 집 닭장 속의 흰 닭은 흰 알을 낳는다. 갈색 닭들은 갈색 알을 낳는다. 대부분의 새들이 자기 깃털과 색이 같거나 비슷한 알을 낳는다. 우리 붉은머리오목눈이는 다르다. 우리는 붉은 머리에 갈색 깃털을 가졌는데도 초록빛이 감도는 푸른색 알을 낳는다. 그 안에 바다가 들었다고 해도 믿을 것이다. 잿빛 깃털을 가진 뻐꾸기도 제 몸 색깔과는 다르게 푸른색 알을 낳는다. 색깔로만 보면 둘 다 어느 바닷가 물새알 같다.

아주 먼 옛날 우리 붉은머리오목눈이의 할아버지 할머니는 깃털과 비슷한 색의 알을 낳았는지 모른다. 뻐꾸기의 할아버지 할머니들도 그랬는지 모른다. 뻐꾸기가 자꾸 우리 둥지에 날아와 몰래 알을 낳으니까 우리 할아버지 할머니가 뻐꾸기 알과 구분할 수 있게 깃털과는 전혀 다른 바다색으로 알의 색깔을 바꾸기 시작하고, 뻐꾸기도 우리 둥지에 알을 맡기기 위해 기를 쓰고 따라 해 오다가 둘 다 여기까지 왔는지 모른다.

이미 우리 중에 어떤 오목눈이는 뻐꾸기 알과 구분하기 위해 흰색 알을 낳는다. 그런 둥지엔 뻐꾸기도 알을 낳으러 왔다가 그냥 돌아간다. 점차 모든 오목눈이가 흰색으로 알을 바꾸어 가면 뻐꾸기도 다른 것은 몰라도 그것만은 틀림없이 따라 할 것이다. 그런 긴 시간 동안 우리 같으면 차라리 둥지를 만들고 알을 품는 법을 배웠을 텐데 뻐꾸기는 할아버지 할머니 때부터 스스로 둥지를 만들어 알을 품는 것보다 우리를 속이는 쪽으로만 노력하고 경쟁해 왔다.

처음 한 번 속을 때는 속는 우리보다 우리를 속이는 뻐꾸기가 나쁘다. 똑같은 푸른색이어도 우리 알보다 뻐꾸기 알이 훨씬 크다. 알의 크기가 다른데도 우리 붉은머리오목눈이가 속는다.

그래, 누구나 한 번은 그럴 수 있다. 한 번은…….

순진해서라고 말할 수 있다.

그러나 똑같은 일로 두 번 속을 때는 사정이 다르다. 속이는 쪽보다 속는 쪽이 더 나쁘다. 순진해서가 아니라 바보 같고 멍청해서 다시 속는다. 멍청해서 같은 일을 다시 당하고, 상대에게 다음에 자기를 또 속이라고 부추긴다.

나 육분이는 어느 볕 좋은 가을날 산벚나무 가지에 앉아 곰곰이 생각해 보았다.

단지 그것뿐일까.

단순히 바보 같고 멍청해서만 속을까.

짝짓기 철이 되면 우리 오목눈이는 둥지를 지은 다음 한 닷새쯤 매일 한 개씩 알을 낳는다. 그렇게 세 개나 네 개쯤 낳고 먹이를 찾아 잠시 둥지를 비운 사이 뻐꾸기가 몰래 우리 둥지에 와서 알을 낳는다. 뻐꾸기가 낳은 알은 색깔이 같아도 먼저 낳은 우리 알과 크기가 다르다.

저 큰 알은 내가 낳은 알이 아니야.

내가 낳은 알은 이쪽에 있는 작은 알 세 개야.

보는 순간 금방 알 수 있다. 알아야 한다. 그걸 눈치챈 오목눈이는 다른 생각 하지 않고 망치처럼 단단한 부리로 바로 뻐꾸기 알을 쪼아 버린다. 우리 오목눈이 둥지 안에 낳은 뻐꾸기 알의 열에 여덟은 그렇게 부서져 나간다. 알만 부수지 않고 우리 오목눈이 혈통의 성소가 침범당하고 모욕당한 듯한 기분에 거기에 놓여 있는 우리 알까지 거들떠보지 않고 둥지를 떠나는 오목눈이들도 있다.

그러지 않고 뻐꾸기 알을 보고 잠시 망설이며 다른 생각을 할 때 문제가 생긴다.

저 큰 알을 내가 낳았나?

처음엔 당연히 의심하다가 이내 이리저리 살펴보다가 다른 마음을 먹는다.

아니, 그렇게 놀랄 것 없어. 몸집이 작아도 알은 크게 낳을 수 있다고. 여기는 내 둥지고, 저 알도 옆에 있는 작은 알들과 마찬가지로 내가 낳은 거라고. 자, 봐. 알 색깔이 똑같잖아.

이런 마음으로 스스로에게 변명하다가 뻐꾸기에게가 아니라 보다 큰 알을 품고 싶은 자신의 욕심에 속은 것은 없는지. 그래서 다음에도 똑같은 욕심에 다시 속는 것은 아닌지.

어쩌면 그럴지도 모른다. 욕심도 우리 마음의 일이라면 그것까지도 이해할 수 있다.

잿빛 깃털을 가진 뻐꾸기도

제 몸 색깔과는 다르게 푸른색 알을 낳는다.

색깔로만 보면 둘 다 어느 바닷가 물새알 같다.

그럼 나처럼 한 해도 거르지 않고 세 번 똑같이 속을 때는?

그렇게 물으면 어떻게 대답해야 할지 모르겠다. 내가 언제까지 둥지를 만들고 알을 낳을지 모르지만, 이런 식이면 앞으로도 계속 뻐꾸기 알을 품으며 속을 수밖에 없다.

나 육분이의 한 삶이 봄에 뻐꾸기가 날아오기 전에 알을 품을 때는 오목눈이 어미로, 여름에 알을 품을 때는 우리 둥지에 알을 낳고 달아난 뻐꾸기 새끼의 어미로 운명 지어졌던 것은 아닌지. 같은 일이 세 번이나 연속되면 그런 생각을 하지 않을 수 없다. 내가 육분의에서 육분이로 이름 바뀐 다음 정말 육푼이 짓을 하고 있는 것은 아닌지. 그것이 내 운명에 예정되어 있는 어떤 일 같은 것은 아닌지. 그리고 그 일은 3년 전 어느 늦은 봄날 저녁, 내 어머니 콩단이 저녁 하늘에 떠 있는 육분의에 눈을 맞추었을 때 이미 우주의 한 질서로 내가 받아들여야 할 어떤 운명처럼 내 삶 안으로 들어온 것은 아닌지.

언제부턴가 나는 그게 궁금해 견딜 수 없었다.

철학하는
오목눈이

우리 붉은머리오목눈이 동료 중에, 아니 동료들과 멀찍이 떨어진 자리에 철학하는 오목눈이가 있다. 그 새는 짝짓기 철에 다들 두 마리씩 흩어져 짝을 짓고 둥지를 지을 때 짝을 짓지 않고 홀로 남는다. 짝짓기 철이 끝난 다음 흩어졌던 오목눈이들이 다시 한군데 모여 지낼 때에도 늘 혼자 다른 나뭇가지에 앉아 지낸다.

다른 오목눈이들이 떼를 지어 금잔화 씨앗 털이나 꽃씨 털이를 나갈 때에도 저만치 억새밭에 혼자 날아가 잔털 때문에 먹기도 고약하고 먹어도 먹은 것 같지 않은 억새 씨앗을 굶어 죽지 않을 만큼만 먹는다. 봄과 여름에도 살아 있는 다른 벌레를 절대 잡아먹지 않는다. 왜 그러는지 한 번도 이유를 말한 적이 없었다. 나이도 들었지만 그런 지가 벌써 여러 계절이라고 했다.

겨울이 되어 갈대 저수지에 얼음 말고는 아무것도 없을 때 혼자 거기에 날아가 저수지 주변을 산책하듯 기웃거린다. 때로는 저러다 거기에 출몰하는 매나 족제비에 잡혀 먹히지 않나 불안하기도 한데 용케 그런 화는 면하고 산다. 다른 오목눈이들은 나무에 앉아서도 누가 우리를 해칠지 몰라 습관처럼 자주 앉은 자리를 바꾸는데 그 오목눈이는 무얼 그리 골똘히 생각하는지 한번 앉은 자리에서 이동하는 법이 거의 없다.

늘 봐도 생각이 깊어 한쪽으로 고개까지 갸웃한 느낌이다. 다들 철학하는 새라고, 철학하는 오목눈이라고 불렀다. 살아 있는 벌레는 절대 입에 대지 않는 그가 호랑나비만 보면 제 짝처럼 훌쩍 날아가 반가워했다. 그가 살아 있는 벌레를 잡아먹지 않는 이유를 말하지 않듯 호랑나비에 대해서도 얘기한 적이 없었다.

지난겨울 스스로 죽음에 대한 기별을 받고 아무도 모르게 보다 깊은 숲으로 떠난, 우리 붉은머리오목눈이 중에 나이가 가장 많고 경험 많은 오목눈이도 철학하는 오목눈이의 생각을 존중했다. 우리 오목눈이 중에서는 가장 생각이 깊은 새였다.

다른 새들과 얘기를 잘 나누지 않아도 육분이라는 이름 때문인지, 또 거기에 얽힌 육분의 때문인지 나하고는 조금 얘기를 나누며 지내 왔다. 나 역시 다른 오목눈이에 비해 특별할 게 없는데 그래도 그는 나를 우리 오목눈이 무리 가운데 자기와 가장 말이 잘 통하는 새로 여겨 주었다. 그가 나를 찾아온 적은 없었다. 내가 씨앗 털이를 하러 갈 때라든가 햇볕 속에 얼굴 쬐기를 할 때 오다가다 일부러 그를 찾아가 안부를 묻기도 하고 궁금한 것을 묻기도 했다.

철학하는 오목눈이와 특별히 가까워진 것은 지난봄 그와 함께 우리 오목눈이뿐 아니라 전체 새들의 수명에 대한 이야기를 나눈 다음부터였다.

우리는 가끔 같은 나이의 오목눈이를 만나면 왠지 반가운 마음에 봄생인지 여름생인지 묻곤 한다. 우리보다 몸집이 조금 더 크고 먹성도 우리보다 활발해 때로는 수백 마리, 수천 마리가 한꺼번에 날아가 막 익어 가는 논의 벼즙 털이를 즐겨 사람들의 원성을 사기도 하는 참새는 일 년에 세 번 알을 낳아 번식한다. 먹성도 활동도 번식도 우리 오목눈이보다 왕성하다는 뜻일 것이다.

우리는 일 년에 두 번 봄과 여름에 알을 까기 때문에 모든 오목눈이는 봄생이 아니면 여름생이었다. 뻐꾸기는 여름철 우리 둥지에 몰래 알을 낳는다. 이 숲에 날아드는 모든 뻐꾸기가 우리 오목눈이의 여름생 새끼인 셈이었다.

나 육분이는 3년 전 봄에 알을 까고 나왔다. 거기에 비해 철학하는 오목눈이는 8년 전 여름생으로 내가 살아온 세월의 두 배나 살아온 우리 오목눈이로서는 오래 살아온 새이다.

"지난겨울 경험 많은 어르신이 숲으로 떠났으니 이 산속에 사는 오목눈이들 가운데 이제는 내가 나이가 가장 많을 게야."

그날 다른 이야기를 하던 중 철학하는 오목눈이가 자신의 나이에 대해 말했다.

"경험 많은 어르신은 몇 년을 사셨는데요?"

"나보다 3년 더 사셨어."

그렇다면 경험 많은 오목눈이는 11년 전에 태어나 우리 오목눈이 중에서는 아주 드물게 장수하고 숲으로 간 새였다. 나는 태어나 이제까지 경험 많은 오목눈이 말고는 10년 넘게 사는 오목눈이를 보지 못했다. 아마 다른 산의 오목눈이들도 그럴 것이다.

"저는 두 분이 서로 위해 주셔서 비슷한 줄 알았어요."

"아니야. 그 어른은 몇 년 전 메아리 말고도 내가 경험하지 못한 그보다 더 큰 바람도 경험하셨는걸."

"그런 말씀을 들으면 마치 이 산의 전설을 듣는 것 같아요."

"옆에 계실 때는 잘 모르겠다가 떠나고 나니 이렇게 그립군."

"저희에게도 경험으로 참 많은 지식을 알려 주셨어요."

"아마 그러셨을 게야. 나도 우리 오목눈이 중에서는 오래 살고 있는 셈인데, 그런데도 나이와 관련해서 한때 우리 새의 세상이 참 공평하지 못하다고 생각한 적이 있다네."

"저는 지금도 그렇게 생각할 때가 많습니다. 부모님이야 뜻하지 않은 사고로 떠나셨지만 부들이같이 좋은 친구도 한창 살 나이에 언제 떠났는지 모르게 숲으로 가고……. 우리 오목눈이의 수명은 너무 짧아요."

"자네 부모님은 나도 알지, 어떻게 세상 떠났는지도 얘기 듣고. 그럼 형제들은?"

"한 형제는 어릴 때 날기 연습을 하다가 아버지와 함께 고양이에게 물려 죽었고, 또 한 형제는 두 살 때, 또 한 형제는 지난겨울부터 보이지 않는군요. 혼자 숲으로 갔는지……."

"그랬구먼. 자네 남편들은?"

"이번 봄까지 다섯 번 짝을 지어 새끼를 길렀는데, 그중에 두 번은 우리 오목눈이가 아닌 뻐꾸기 새끼를 길렀습죠. 오목눈이 새끼든 뻐꾸기 새끼든 저와 같이 둥지를 지어 새끼를 길렀던 남편들도 모두 저세상 새가 되었는지 보이질 않는군요."

그때는 봄이라 아직 세 번째 뻐꾸기 새끼를 기르기 전의 일이었다.

"내가 육분이 나이 때 그랬다네. 그래서 우리 새의 세상이 참 공평하지 못하다고 생각했던 거지. 새매도 그렇고 올빼미도 그렇고, 우리를 잡아먹고 사는 새들은 몸도 우리보다 크고 강하지만, 살기도 아주 오래 살지. 육분이의 부모와 형제들, 남편들 가운데는 자네 부친처럼 누구에겐가 잡혀 죽은 새도 있겠지만, 그러지 않고도 모든 오목눈이가 다 좋아하던 부들이처럼 어느 결에 슬며시 사라지듯 없어진 새들이 더 많을 게야. 제 수명대로 살아도 우리 오목눈이 목숨이 그리 길지 않다는 거지."

"제가 불공평하게 여기는 게 바로 그겁니다. 우리는 늘 누구에겐가 쫓기듯 살며 수명까지 왜 이렇게 짧을까. 짧은 가운데서도 왜 남의 알까지 받아 키울까? 그걸 이해할 수 없는 거예요."

"오래 사는 새들이야 많지. 밤에만 활동하는 올빼미도 20년 넘게 살고, 우리에게 올빼미보다 더 무서운 새매도 20년 넘게 살지. 우리는 여기 산속에 살아 그런 새를 직접 본 적이 없지만 사람 손에 길러지는 어떤 앵무새는 50년도 훨씬 넘게 산다 그러고."

"그렇게나 오래요?"

"50년이 무어야. 얼마 전 태평양 어느 섬에 사는 앨버트로스는 나이가 66살인데도 새로 알을 낳아 부화시켰다는 얘기를 바람결에 들었어."

66년이면 우리 오목눈이로서는 도저히 가늠이 안 되는 시간이었다.

"그만큼은 아니어도, 우리에 비해 오래 사는 새들이야 많지. 산 아래 사람들이 사는 동네에 가면 자기가 동네 대장인 줄 알고 꽥꽥거리며 돌아다니는 거위도 족제비나 살쾡이에게 잡히지만 않으면 30년 넘게 살고, 매년 겨울마다 찾아오는 고니와 황새도 30년 넘게 살고, 또 우리 둥지에 알을 낳는 뻐꾸기도 20년 넘게 산다 그러고. 거기에 비해 우리 오목눈이와 참새는 길어야 7년에서 8년이지."

"그렇지만 실제로 그만큼 사는 오목눈이도 거의 없지요. 이 산에 사는 오목눈이를 봐도 경험 많은 어르신과 철학하는 어르신 정도이죠."

"그래. 실제 수명은 그것의 절반도 안 되는 거지. 내 나이 세 살이 지나니 나를 낳은 부모도, 함께 태어난 형제도 모두 저세상 새가 되어 없는 거야. 봄생이든 여름생이든 자식들도 이미 그때부터 절반은 안 보이고."

"지금 저와 같은 때로군요."

"누구에겐가 잡아먹혀 사라지기도 하지만, 그냥 그런 일 없이도 3년, 4년 넘기기가 쉽지 않다는 거지. 전에는 그게 늘 불만이었어. 우리는 약하기도 하지만 수명까지 왜 이렇게 짧을까 하고 말이지."

"지금은 아니신가요?"

"아니라기보다 생각이 조금 바뀌었다네."

철학하는 오목눈이는 같이 이야기를 나누다 보면 늘 보통 새들의 짐작 너머의 세상을 말했다. 나무에 앉아 있는 모습을 보면 언제 어떤 일을 당할지 모를 만큼 쇠약하고 위태롭게 보여도 생각은 다른 새들보다 넓고 깊었다. 철학하는 오목눈이라는 호칭 안에 조금은 조롱이 담겨 있다 해도 그냥 철학하는 새가 아니었다.

"우리가 새매나 올빼미나 부엉이에게 잡아먹히는 것과 우리가 잠자리며 메뚜기며 또 그런 날벌레의 애벌레를 잡아먹는 것은 어떤 차이가 있는 걸까?"

그렇게 물으면 금방 할 말이 떠오르지 않는다. 우리 새의 목숨과 우리가 잡아먹는 날벌레나 애벌레의 목숨이 다르다고 대답할 수 없었다.

"그리고 또 하나……."

다시 철학하는 오목눈이가 말했다.

"우리 오목눈이와 우리 오목눈이를 잡아먹는 새매에 대해서 한번 생각해 보세. 자네는 여기 산속에 사는 오목눈이 가운데 누가 새매에게 잡아먹혔다는 소리를 언제 들었는가?"

그 물음에 나는 곰곰이 생각해 보았다.

어릴 때부터 새매를 조심하라는 말을 수없이 들어 왔다. 수뻐꾸기와는 달리 우리 오목눈이 둥지 가까이 와서 키이, 키이, 하고 새매 울음소리를 흉내 내는 암뻐꾸기 소리도 늘 들어 왔다. 그렇지만 뻐꾸기가 와서 머무는 여름 동안 말고는 그 울음소리 끝에 하늘을 날아오르는 새매의 모습은 거의 몇 계절에 한 번 볼까 말까 했다. 예전에 누가 씨앗 털이를 하는 중에 새매에게 잡혀갔다는 말은 언제 어느 때든 정신 차리라는 얘기로 수없이 들었어도 실제 주변의 누가 새매의 공격으로 목숨을 잃었다는 얘기는 태어나 이제까지 한두 번밖에 듣지 못했다. 어쩌면 그것도 새매가 아니라 새매보다 훨씬 작은 몸으로 우리를 위협하는 황조롱이였는지도 모른다.

오히려 새매의 공격보다 누가 어느 밭둑과 논둑의 바랭이나 수크령 씨앗 털이를 하다가 사람이 뿌린 농약에 잘못되었다는 얘기를 더 많이 듣고 보곤 했다. 우리가 느끼는 새매의 존재나 공포는 아주 이따금 그런 공격이 있다 하더라도 현실에서보다는 오히려 우리 안에 과장되어 전해지고 있는 전설적인 불안감 때문인지도 몰랐다.

"실제 새매의 모습을 본 건 오래된 것 같은데요."

"바로 그 말일세. 그들의 긴 수명이 자연의 복 받은 혜택만도 아니라는 말이지."

철학하는 오목눈이가 말했고, 나는 그게 무슨 말인지 다시 묻지 않을 수 없었다.

"생각해 보게. 아무 때고 우리를 잡아먹고 수명도 우리보다 훨씬 긴 새매는 지금 언제 멸종할지 모를 위기에 내몰렸다고 하네. 그러니 우리 눈에 잘 보이지 않는 게 당연하지. 까마귀나 까치처럼 흔하다면 왜 보이지 않겠나. 그 새를 잡아먹는 새도 없는데 말이지."

"그러네요, 정말……."

"거기에 비하면 언제 사나운 새들에게 들켜 목숨을 잃을지 모를 우리 오목눈이는 이 넓은 땅 어디에도 살지 않는 곳이 없지. 있어도 점처럼 아주 많지. 수명이 짧아도, 누구에겐가 끊임없이 잡아먹혀도 줄지 않는 샘과도 같은 목숨들이지. 산다는 것은 어느 새에게나 중요하지. 잡아먹는 새가 반드시 이기고 잡아먹히는 새가 반드시 지는 것도 아니라네. 수명이 길다고 반드시 이기는 것도 아니고."

"그건 좀 아닌 것 같은데요."

"그러나 실제로 보게. 50년 넘게 사는 앵무새가 50년 동안 새끼를 낳고, 그 새끼들이 또 저마다 50년 동안 새끼를 낳는다면 이 세상은 온통 그 앵무새의 세상이 되어야 하는데, 그 앵무새도 새매처럼 귀하다고 하거든. 그게 무얼 말할까?"

나는 가만히 철학하는 오목눈이의 말에 귀를 기울였다.

"새매나 오래 사는 앵무새나 그들은 그들의 할아버지 할머니 때부터 저마다 자기 목숨만 오래 사는 쪽으로 몸을 발전시켜 와서 그런 게 아닐까. 그러다 전체적으로 자연 적응에서는 오히려 대가 끊길 만큼 약해지고 말이지. 아마 이 세상에 모든 새가 다 멸종한다 해도 두 종류의 새는 살아남을 게야."

"어떤 새 말인가요?"

"그건 바로 참새와 우리 오목눈이지. 우리는 우리 할아버지 할머니 때부터 저마다의 수명을 늘리는 쪽이 아니라 우리 오목눈이 전체, 참새 전체의 종족을 이어 가는 데 더 많이 신경을 써 온 거지. 누구에게 늘 쫓기고 잡아먹히더라도 더 빠르게 날려고 애쓰지도 않고, 몸집을 키우지도 않고, 몇 개의 씨앗만 털면 하루를 거뜬히 버틸 수 있게 이렇게 작은 모습을 유지하는 것도 그렇고. 우리 오목눈이 한 마리 한 마리의 목숨은 길지 않아도 전체 오목눈이의 목숨은 아무리 퍼내도 마르지 않는 샘과 강처럼 이어 온 거지."

"그렇지만 그건 다른 새보다 수명이 짧은 우리 오목눈이의 자기 위로 같은 말이 아닐까요? 나는 약해도 우리 오목눈이 전체는 약하지 않아, 하고요."

"과연 그렇기만 할까? 그래서 참새와 우리 오목눈이가 이 세상에 점처럼 많은 새가 된 것일까?"

그날 이야기는 거기까지였다.

호랑나비와의 인연

새의 수명에 대해 이야기를 나눌 때만 해도 이따금 내가 철학하는 오목눈이를 찾아가 듣고 배울 것은 많아도 그를 따라 할 일은 없을 거라고 생각했다. 그런데 여름 지나 가을로 접어든 다음 어느 결에 내 자리가 그의 옆자리가 되었다. 일부러 다가간 것은 아니었다. 지난여름 세 번째 여름생 새끼로 뻐꾸기를 키워 보낸 다음 어느 날 나도 모르게 내가 그의 옆으로 다가가 그와 똑같은 모습으로 앉아 있는 것이었다.

"이봐. 거기는 육분이가 앉을 자리가 아니야."

내가 그의 옆으로 갔을 때 철학하는 오목눈이가 말했다. 전에 찾아갔을 때와는 달리, 마치 와서는 안 될 새가 찾아온 것처럼 조금도 반가워하지 않는 얼굴이었다.

"그럼 누구 자리인가요?"

"거기는 세상에서 가장 외로운 새의 자리라네. 그래서 늘 비어 있는 거지."

"세상에서 가장 외로운 새의 자리라면 제 자리가 맞는 것 같군요."

그 무렵 나는 어쩌다 세 번씩이나 뻐꾸기 새끼를 키우게 되었나, 하는 생각에 말할 수 없이 우울한 기분에 젖어 들었다. 외로움 역시 마찬가지였다.

"그런데, 육분이. 자네 얼굴이며 몸이 왜 이리 수척한가?"

철학하는 오목눈이가 제대로 보았다. 이미 여름 한중간부터 먹는 것도 부실하고, 무얼 해도 흥이 나지 않았다. 3년 연속 여름생의 새끼로 뻐꾸기 새끼를 키우고 난 다음에 생긴 마음의 병이었다.

"그냥 제 삶이 궁금해서 왔어요. 때로는 저도 알지 못할 어떤 운명 같은 것에 붙잡혀 있는 게 아닌가 생각돼서요."

"그런 거라면 스스로 찾아봐야지. 여기 온다고 알 수 있나. 내가 육분이의 삶을 다 알 수 있는 것도 아닌데."

"그래도 다들 어르신은 알고 계실 거라고 여기잖아요. 이 산속에 사는 모든 오목눈이가 어르신을 철학하는 새라고 부르는데요."

"철학이 다 무어야? 그거야말로 반은 놀림으로 부르는 거고, 다들 몰라서 하는 얘기들이지."

"그럼 어르신이 하는 건 무언가요?"

"그냥 혼자 있게 되니 그동안 궁금했던 우리 새의 삶에 대해, 또 세상의 다른 목숨붙이들에 대해 나 혼자 이런저런 생각을 해 보는 거지."

처음 그런 생각을 하게 된 것은 몇 해 전 여름, 그가 아직은 철학하는 새가 되기 전, 네 마리의 새끼를 부화해 키우며 열심히 벌레를 잡아 새끼들이 기다리고 있는 둥지로 나르던 때의 일이라고 했다.

"하루는 먹이를 찾아 남쪽의 귤나무 비슷한 탱자나무 위를 지나는데, 거기 탱자나무 잎에 호랑나비 애벌레가 보였어. 그걸 얼른 입에 물고 새끼들이 기다리고 있는 둥지로 날아가는데, 보통 때는 우리가 부리로 물면 애벌레들이 그 자리에서 다 죽어 버리거든. 그런데 내가 어디를 어떻게 물었는지 애벌레가 죽지 않고 꿈틀거리며 이렇게 묻는 거야."

"뭐라고 했는데요?"

"아주 절실한 목소리로 '나를 잡아가는 오목눈이님은 우리 호랑나비를 본 적이 있나요?' 하고 물어. 말을 하면 입에 물고 있는 녀석이 떨어지니까 말을 할 수 없어서 대답을 안 하니까 이 녀석이 또 물어. 탱자나무 잎을 갉아 먹는 내내 이다음에 자기가 어떤 날개를 가지게 될까, 탱자나무 잎을 먹고 자라니까 탱자나무 잎처럼 두껍고 푸른 날개를 가지게 될까, 아니면 탱자나무 잎을 갉아 먹을 때 그 앞을 지나간 제비나비처럼 감색 바탕에 초록색 보석 가루를 뿌린 것 같은 날개를 가지게 될까, 그런 꿈을 꾸었는데 이제 오목눈이님에게 잡혀 날개를 가질 수 없게 되었으니 자기가 죽지 않고 산다면 어떤 날개를 가지게 되었을지 호랑나비를 본 적이 있으면 얘기해 달라는 거야."

"맹랑하군요."

"맹랑하달 수만 없지. 애벌레가 나중에 나비가 되었을 때의 날개에 대한 꿈을 꾸는 것도 당연한 일일 테고."

"뭐라고 대답하셨나요?"

"호랑나비가 되고 싶었는데 그럴 수 없는 애벌레가 묻는 말이니 꼭 대답해 주고 싶었지. 제비나비와는 달리 검은색과 노란색이 겹겹이 어울린 호랑 줄무늬에 황금빛 가루를 뿌린 것 같은 날개를 가졌다고 말해 주고 싶은데, 입을 열면 공중에서 이 녀석이 바로 떨어지니까 말도 할 수 없고, 그걸 물고 다시 탱자나무가 있는 곳으로 돌아가 녀석을 그 자리에 놓아주고 돌아왔다네. 돌아오니 둥지 속의 아이들은 배가 고프다고 울고불고 난리였지."

"난감했겠어요."

얘기를 듣는 것만으로도 저절로 둥지 풍경이 그려지는 상황이었다.

"난감한 정도가 아니지. 이제는 더 벌레를 잡고 싶지 않은데 둥지 속의 새끼들이 다 자라지 않았으니 다음 날부터 다시 벌레를 잡아 새끼들을 먹여 키우면서 매일 탱자나무가 있는 곳으로 가서 그 아이가 커 가는 모습을 지켜보았다네."

"결국 나비가 되었나요?"

"되었지. 탱자나무 잎에서 가지로 올라가 번데기가 된 다음 내 눈앞에서 황홀하게 금빛 날개를 얻어 날아갔다네. 그해 여름 다른 벌레들을 잡아 먹이며 새끼를 기르고, 또 그렇게 인연 맺은 호랑나비의 날갯짓을 본 다음부터 내 입에 넣자고는 어떤 벌레도 사냥하지 않았다네."

그 말을 할 때 철학하는 오목눈이는 꿈을 꾸는 듯한 얼굴이 되었다.

나 육분이도 지난여름 내 둥지 안에서 내 새끼처럼 자라다 떠난 뻐꾸기 새끼가 떠올랐다. 남의 둥지에 와 알을 낳는 뻐꾸기라는 새는 미워도 내 둥지 안에서 내가 알을 품고 내가 먹이를 잡아 먹여 키운 그 새끼만은 미워하려야 미워할 수 없었다.

"벌레 사냥을 하지 않으니까 당연히 다음 해 봄부터 짝짓기도 하지 않게 되었던 거지. 아이들을 키우자면 벌레 사냥을 하지 않을 수 없으니까. 그해 여름부터 호랑나비가 눈에 띄기만 하면 이 녀석이 바로 그 녀석인가, 또 다음 해부터는 그 녀석의 아들딸인가 싶어 네가 그 녀석이냐? 네가 그 녀석의 아들딸들이냐? 하고 묻는 버릇이 생겼다네."

탱자나무 잎에서 가지로 올라가 번데기가 된 다음
내 눈앞에서 황홀하게 금빛 날개를 얻어 날아갔다네.
그해 여름 다른 벌레들을 잡아 먹이며 새끼를 기르고,
또 그렇게 인연 맺은 호랑나비의 날갯짓을 본 다음부터
내 입에 넣자고는 어떤 벌레도 사냥하지 않았다네.

"아이들이 호랑나비 할아버지라고 불러서 무슨 사연인가 궁금했거든요."

"뻐꾸기 알은 한 번도 맡은 적이 없지만 왠지 그 호랑나비는 내가 탁란시켜 날개를 달아 준 것 같아서 말이지."

"그런 거라면 아름다운 인연이죠. 저는 무슨 인연이 있었는지 지난 3년 동안 세 번이나 뻐꾸기 새끼를 키웠답니다."

"나도 귀가 있어 들었다네. 육분이가 이 자리에 왜 왔는지, 무얼 묻고 싶어 하는지 알지만, 어디 새뿐이겠는가. 모든 목숨붙이가 저마다 그런저런 사정으로 태어나는걸. 우리 둥지에서 알을 까서 달아나는 뻐꾸기는 뻐꾸기의 목숨이 있고, 호시탐탐 우리를 노리는 새매는 새매의 목숨이 있고, 우리 오목눈이는 오목눈이의 목숨이 있는 거지."

"거스를 수 없는 건가요?"

"거스른다는 게 어디까지인지 모르지만, 빠르게 날고 싶은 게 꿈이라면 오목눈이가 아닌, 언젠가 육분이가 얘기한 군함새 같은 새로 태어나는 게 좋았겠지."

"그런 꿈은 꾸지 않아요."

그만큼 빠르게 날 수 없어서가 아니라, 나 육분이는 속도보다 방향을 중시하기 때문이었다.

"누구에게 쫓기는 새가 아니라 쫓는 새가 되는 게 꿈이라면 새매로 태어나는 게 좋았을 테고."

"그런 꿈도 꾸지 않고요."

"꾸든 꾸지 않든 그건 우리 새뿐 아니라 저 산과 들의 나무와 풀도 마찬가지지. 어느 나무나 어느 풀도 환경 좋은 땅에 뿌리를 내리고 싶겠지. 그런데 한자리에 가만히 서 있는 식물이나 움직이는 동물이나 살아 있는 목숨붙이 모두 자기 삶에서 자기가 결정할 수 없는 것 한 가지가 있다네."

"그게 무언가요?"

"자기가 태어나는 자리에 대해서지. 어떤 목숨붙이도 자기가 태어날 자리를 자기가 결정할 수 없다네. 싹을 틔우고 보니 뿌리를 내리기가 만만찮은 돌 틈이고, 또 알을 까고 보니 새매의 둥지가 아니라 우리 오목눈이 둥지였던 거지. 그건 우리 스스로가 있을 자리를 결정해서 태어나는 게 아니니까."

"지난 3년 동안 한 해도 거르지 않고 뻐꾸기를 키우고 나니까, 내 새끼 대신 남의 새끼를 기르는 게 내 운명인가 하는 생각이 들었거든요."

"사실은 아픈 얘기지. 우리 오목눈이가 오목눈이 대신 뻐꾸기 새끼를 키운다는 게, 그러느라 어쩔 수 없이 자기 알이 버려지는 것과 자기 새끼가 뻐꾸기 새끼에 밀려 둥지 바깥으로 떨어지는 걸 지켜본다는 게……."

"막상 볼 때는 아픈 줄도 몰라요. 나중에 돌이켜 아픈 거지……."

"알지. 그게 뻐꾸기 새끼 앞에서 우리 오목눈이가 자기도 모르게 하는 눈먼 행동인데."

"아신다고 말씀하지만 실제 경험하고는 또 다릅지요. 그걸 저는 3년 동안 지켜봤어요. 그러곤 뒤늦게 아파하고……."

"이봐, 육분이. 세상 일이 꼭 경험해야지만 다 알 수 있는 건 아니라네. 누가 시킨다고 할 수 있는 일도 아니고. 그건 경험하든 경험하지 않든 우리 오목눈이가 제 새끼 대신 뻐꾸기 새끼를 기르는 동안 어쩔 수 없이 겪어야 하는 아픔이란 말이지. 지난여름 여기 싸리나무 숲에 앉아 뻐꾸기 소리를 듣다가 문득 우리 오목눈이와 반대 입장에서 생각해 본 적이 있다네. 그걸 우리 오목눈이가 아니라 뻐꾸기 입장에서 보면 어떨까?"

"편하겠지요. 알을 낳기만 하면 크기가 달라도 자기 알인 줄 알고 품어서 벌레를 잡아 먹이며 길러 주는 바보 새가 있는데요."

"나도 예전에 그렇게 생각한 적이 있는데 그게 꼭 편하기만 한 일일까?"

"편하지 않으면요?"

나는 철학하는 오목눈이가 은근히 뻐꾸기 어미 편을 드는 것 같아 통명스러운 태도로 되물었다. 철학하는 오목눈이는 그런 내 태도를 충분히 이해하고 또 너그럽게 받아 주었다.

"뻐꾸기도 그걸 제대로 키워 줄지 아니면 보자마자 쪼아 버릴지 모를 남의 둥지에 알을 맡겨야 하는 자기들의 삶이 여간 답답하지 않을 것 같단 말이지. 한 해 여름 이 둥지 저 둥지 기웃거리며 열두 개도 넘는 알을 낳아 그중에 한두 개 부화시킨다는데, 그런 알을 낳는 어미 마음도 편하지만은 않겠지. 해마다 돌아오는 뻐꾸기가 줄어드는 것도 새로 태어나는 뻐꾸기가 줄어드는 때문일 테고. 남의 둥지에 상처는 상처대로 주면서 말이지."

"저도 지난 일을 생각하니 답답해서 여기까지 왔습니다."

"육분이 마음이야 충분히 알지. 그렇지만, 그게 어떻게 육분이 하나만의 상처고 고민이겠는가? 그건 육분이처럼 어느 한 오목눈이의 고민이 아니라 우리 붉은머리오목눈이 모두의 고민이고 전 생애의 고민인 거지. 우리가 우리 둥지에 몰래 맡겨진 뻐꾸기 알을 부화시키고 새끼를 기르는 것, 어쩌면 그게 우리도 알지 못할 어떤 무엇이 우리 붉은머리오목눈이에게 맡긴 뻐꾸기 어미로서의 몫인지도 모르는 거고."

"그게 우리 몫이라면 정말 받아들이고 싶지 않은 몫이죠."

"우리는 우리 둥지 속에 뻐꾸기의 알을 받지 않으려 하고, 뻐꾸기는 어떻게든 우리 둥지에 알을 낳아 부화시키려 하고, 그게 우리 붉은머리오목눈이와 뻐꾸기 간의 위태로운 싸움이라 하더라도 지난 3년 동안 그 둥지 안에서 육분이와 육분이가 기른 뻐꾸기 새끼 사이에 맺어진 인연을 우리가 둥지를 지을 때 끊어 오는 거미줄처럼 쉽게 끊어 버릴 수는 없는 거지."

"제가 한 번도 아니고, 세 번이나 뻐꾸기 새끼를 기르고도 마음이 바다처럼 넓다면 어르신처럼 그렇게 생각할 수 있겠지요. 이것도 섭리다, 하고요. 조금 전에 얘기하신 호랑나비 애벌레와 어르신 사이의 인연이야말로 그런 것이니까요."

"아니, 그건 사실 좀 다른 경우겠지. 애초에 내가 발견하지 않았다면 그 애벌레는 저절로 호랑나비가 되었을 몸이니까. 그런 걸 먹이로 잡았다가 다시 놓아주었으니 그 애벌레가 호랑나비가 되는 데 내가 인정을 베풀었다면 모를까 은혜를 베풀었다고 말할 수도 없는 거지. 그런데도 나와 그 애벌레 사이에 우리의 탁란처럼 묘한 인연이 생긴 거지. 한 오목눈이가 우리와는 상관도 없는 어느 호랑나비 애벌레의 첫 날갯짓을 자기 새끼의 일처럼 지켜보게 되었고, 그걸로 이후 벌레 사냥을 그만두게 된 거니까."

"저야말로 이제 어르신처럼 벌레 사냥을 그만두어야 할까 봐요."

그건 이제 더 이상 새끼를 기르지 않겠다는 말이었다. 내년에도 새끼를 기르게 되면 여름이면 또 뻐꾸기 알을 받아 뻐꾸기 새끼를 기르게 될지 모를 일이었다.

"쓸데없는 소리 말고 돌아가게. 지금 육분이가 앉은 자리는 그게 오목눈이든 뻐꾸기든 어느 누구의 어미였던 새가 앉을 자리가 아니라 그런 인연조차 없는 외로운 새의 자리라네. 그래서 늘 비어 있는 자리고."

철학하는 오목눈이로부터 그런 말을 들으면 어느 한편으론 위로가 되지만, 오목눈이의 어미가 아닌 뻐꾸기 어미로서의 내 역할은 무엇이었는지 조금 비감한 기분이 들기도 했다. 지난여름 그 일로 함께 애썼던 또 한 마리의 오목눈이 아버지를 생각해도 그랬다.

"돌아가서 생각해 보게. 지난여름 인연을 맺었던 뻐꾸기 새끼는 그 녀석을 키우는 동안 육분이 마음에 사랑스럽지 않았는지. 이제까지 늘 우리 오목눈이 새끼를 키울 때만 사랑스러웠는지."

돌아가서 생각할 것까지도 없다.

사랑스러웠다. 사랑스럽지 않고서야 못할 일이 그것이었다.

우울하고 비감스러운 것은 그 너머의 인연에 대해서이다. 내 둥지에서 자라서 날아간 뻐꾸기 새끼와의 인연이 단순히 우리가, 또 내가 정말 바보 같고 멍청해서만 맺어졌던 것일까.

철학하는 오목눈이가 준 또 하나의 숙제였다.

우리가
알지 못했던 일

처음 뻐꾸기 알을 받아 키우고, 두 번째 뻐꾸기 알을 받아 키웠던 것도 이미 멀리 지나간 일이고, 지난여름 일을 보더라도 단순히 멍청하다는 말로 설명할 수 없는 무엇이 있다.

그 알과 나 사이에.

또 그 아이와 나 사이에…….

그래도 자꾸 묻게 된다.

왜 그랬을까?

정말 왜 그렇게 했을까?

지난여름에 만난 남편은 내게 여섯 번째 남편이고, 나는 그의 네 번째 아내였다. 이런 관계가 한번 혼인하면 짝과 평생을 같이하는 황새나 늑대들에겐 조금 복잡해 보일지 모른다. 우리 오목눈이에게는 그다지 중요한 일이 아니다. 우리는 봄여름 짝짓기 때마다 새로운 암수가 만나 함께 둥지를 만들고 알을 낳아 새끼를 기른다.

조금도 이상하게 여길 것이 없다. 새들 가운데서도 몸집이 작아 늘 누구에게 공격받을지 모를 두려움 속에 수십 마리씩 무리 지어 사는 우리 붉은머리오목눈이에게는 가장 활달하고 건강한 종족 번식 방법이다. 새끼를 다 키우면 또 함께 어울려 살아야 할 이웃들이라 둥지를 지을 때에도 서로 내 둥지에서 멀찍이 떨어지라고 영역 주장을 하지 않는다. 영역 다툼을 하지 않더라도 우리가 잡아먹을 벌레는 어디든 흔하다. 서로 가깝든 멀든 저마다 마음 맞는 나무를 골라 둥지를 만든다.

남편은 자식을 먹여 키우기에 바쁜 어머니 아버지 아래에서 이름도 얻지 못하고 태어났지만, 3년 전 봄 내 아버지만큼이나 둥지를 잘 짓는 새였다. 무엇보다 우리가 신경 썼던 건 둥지 위치였다. 남편은 숲속에 잘 가려진 매자나무가 어떠냐고 했지만, 내가 고른 자리는 매자나무보다 가시가 좀 더 촘촘하게 박혀 있는 찔레나무 가지 사이였다. 드나들기 험한 듯 싶어도 우리 오목눈이는 기계체조 선수처럼 수직으로 선 나뭇가지를 잡고 앉을 때에도 발가락과 발목의 힘으로 몸을 수평으로 유지한다. 아무리 복잡한 공간도 이 가지 저 가지 옮겨 디디며 요리조리 쉽게 드나들 수 있다.

둥지를 지을 때는 마른 나뭇가지를 콕콕 찍어 껍질을 벗겨내 그걸 찔레나무에 묶어 우선 둥지 자리부터 튼튼하게 엮는다. 아무리 센 바람이 불어와도 찔레나무와 함께 움직이면 모를까 둥지 혼자만은 절대 흔들리지 않게 기초공사를 튼튼히 한다. 그런 다음 갈대 줄기와 마른풀을 물어와 항아리 모양의 집을 짓는다. 빈틈을 메우고 엮는 데 거미줄도 필요하다.

둥지는 만들기 시작한 지 닷새 만에 다 지어졌다. 우리는 편하게 드나들 수 있어도 새매나 누룩뱀과 같은 침입자는 촘촘하게 난 찔레 가시 때문에 들어오기 어려운 곳이었다. 둥지가 다 지어져 갈 때 우리는 몸으로 사랑을 나누고, 거기에 알을 낳았다.

그렇게 단단히 방비를 했는데도 뻐꾸기는 내가 세 번째 알을 낳았을 때 우리 둥지로 찾아왔다. 대개 세 번째 알이나 네 번째 알을 낳았을 때 그들이 방문한다. 한두 개일 때는 왔다가도 돌아간다. 저도 사정이 급하니 찔레 가시를 피해 힘들게 찾아온 듯했다. 세 개의 알을 낳고 남편과 잠시 숲속의 벌레들을 잡아먹으러 나갔다가 돌아오자 누군가 우리 둥지에 왔다 간 흔적이 발견되었다.

그것은 틈입자가 아무리 아닌 척 조심해도 직감적으로 알 수 있는 일이었다. 찔레나무 가시에 낯선 틈입자의 작은 깃털 한 조각이 걸려 있었다. 그보다 더 금방 눈에 띄는 것은 알이었다. 한 개는 첫눈에도 표가 나게 크고 두 개는 작았다. 내가 낳은 알과 숫자만 같았다.

"이 알은 아무리 봐도 내가 낳은 알 같지 않아."

"갑자기 커진 것도 아닐 텐데."

"누가 우리 둥지에 몰래 낳고 간 게 아닐까?"

"그러게. 자기 알을 하나 낳고 우리 알 하나를 물고 갔는지도 몰라."

남편과 내가 그런 의심을 하는 순간 가까이에서 키이, 키이, 하는 새매의 울음소리가 들렸다. 우리 찔레나무 둥지에서 저만치 마주 바라보이는 때죽나무 가지 위에 새매가 앉아 이쪽을 향해 다시 울음소리를 냈다.

"키이, 키이, 키이."

그 소리에 온 산이 고요해졌다. 남편과 나는 잠시 전에 했던 의심 같은 것은 깡그리 잊어버리고 본능적인 공포를 느꼈다. 그 소리는 새매가 우리를 향해 공격하기 전 꼼짝하지 말라고 넋을 뺄 때 내는 울음소리였다.

"키이, 키이, 키이."

다시 새매의 울음소리가 들렸다.

나는 세 개의 알이 들어 있는 둥지 속에 알을 덮듯이 몸을 감추고, 남편은 둥지 옆 찔레나무 잎에 몸을 숨겼다. 때죽나무 가지 위에서 흰 배에 검은 줄무늬를 가진 새매가 금방이라도 이쪽을 덮칠 듯 노려보고 있었다. 오금이 저려 날아오를 수도 없었지만, 만약 날아오른다면 새매도 바로 달려들어 날카로운 발톱으로 단번에 우리를 낚아챌 것이다. 할 수 있는 일이라고는 오직 새매가 우리 둥지를 향해 날아오지 않기를 바라는 마음뿐이었다. 다행이라면 우리 둥지가 찔레나무 가시 속에 있어 누구도 바로 공격해 들어오기 어렵다는 점이었다.

새매의 울음소리로 산은 더욱 고요해지고, 남편과 나는 소리 없는 느낌으로 영원과도 같은 공포의 시간을 견뎠다. 새매는 우리 둥지를 정면으로 바라보면서 일정한 간격으로 열 번쯤 반복해 키이, 키이, 울고는 더 이상 우리를 잡을 수 없다고 판단했는지 갈대숲 쪽으로 날아갔다.

한 고비 위험한 순간이 넘어갔다. 우리는 그러고도 한참 있다가 어깨 깃털 속에 움츠렸던 목을 뺄 수 있었다. 마음을 진정했을 때는 나도 남편도 잠시 전에 가졌던 낯선 알에 대한 의심이 머릿속에서 하얗게 지워졌음을 알지 못했다.

새매가 우리 둥지에 알을 낳고 간 뻐꾸기를 도운 셈이었다.

우리는 그렇게 알고 있었다.

그때 우리는 그게 새매가 아니라는 걸 알지 못했다. 새매와 똑같이 흰 배에 검은 줄무늬를 가진 암뻐꾸기가 새매인 것처럼 우리를 속였다는 걸 두 번이나 뻐꾸기 알을 품었던 나도 몰랐고, 남편도 몰랐다. 뻐꾸기가 우리 둥지에 몰래 알을 낳은 다음 그 자리에 앉아 우리가 돌아오길 기다렸다가 바로 새매 소리를 내어 우리 정신을 홀려 자기 알을 가려내지 못하게 한 것이라는 것을 나는 지난해 똑같은 일을 겪고도 알지 못했다. 새매는 소리로도 모습으로도 언제나 우리 정신을 혹 빼 놓는다. 새매를 닮은 암뻐꾸기 역시 그랬다.

그 일이 있고 난 다음 바로 저쪽 산에서 수뻐꾸기가 뻐꾹뻐꾹, 하고 짝짓기를 할 암뻐꾸기를 불렀다. 그 소리는 우리를 조금도 두렵게 하지 않았다. 구구, 구구, 하고 우는 멧비둘기 소리보다 귀에 거슬리지 않았다. 언제나 키이, 키이, 하고 새매와 똑같은 울음소리를 내는 암뻐꾸기가 우리를 공포 속으로 몰아넣어 모든 것을 다 잊어버리게 한다.

그런 일이 있은 다음 날 나는 알을 하나 더 낳았다.

큰 알 하나와 작은 알 세 개였다.

남편과 나는 네 개의 알을 함께 품기 시작했다. 언제나 우리 오목눈이의 알 품기가 그렇듯 나보다 남편이 더 많은 시간 알을 품었다. 밤에도 더 많은 시간 남편이 둥지를 지켰다.

처음 알을 품기 시작하던 날 저녁 하늘엔 고운 초승달이 떴다. 그 달이 밤마다 조금씩 배를 불려 보름달이 되어 가고

둥지를 지을 때는

마른 나뭇가지를 콕콕 찍어 껍질을 벗겨 내

그걸 찔레나무에 묶어 우선

둥지 자리부터 튼튼하게 엮는다.

아무리 센 바람이 불어와도

찔레나무와 함께 움직이면 모를까

둥지 혼자만은 절대 흔들리지 않게

기초공사를 튼튼히 한다.

있었다. 그렇게 열이틀이 지나자 배 아래에 있는 제일 큰 알에서 먼저 새끼가 나왔다. 남편은 나와 둥지 교대를 한 다음 먹이 사냥을 나가고 내가 알을 품고 있을 때였다.

우리 오목눈이 알은 보통 13~14일 만에 부화한다. 뻐꾸기 알은 오목눈이 알보다 큰데도 11~12일 만에 부화한다. 뻐꾸기가 배 속에서 태내 부화로 하루 먼저 알을 데워 우리 둥지에 낳기 때문에 우리 알보다 하루이틀 먼저 부화한다.

그러나 이때에도 우리는 그것을 알지 못했다. 다른 알보다 큰 만큼 둥지 안에서도 당연히 나와 남편의 귀함을 받았다. 가장 먼저 부화한 것도 그런 우리의 예쁨을 받아서라고 여겼다.

나는 가장 먼저 알을 까고 나온, 다른 알과는 비교도 안 될 만큼 몸집이 큰 새끼에게 앵두라는 이름을 지어 주었다. 그것은 3년 전 내가 알에서 나와 처음 눈을 떴을 때 파란 하늘과 함께 내 눈에 들어온 앵두 열매에 대한 강렬한 인상 때문이었다. 둥지에서 제일 처음 알을 까고 나온 새끼의 벌린 입속이 바로 그런 앵두빛이었다.

세상에 저토록 황홀한 빛이 있다니.

나는 태어나서 처음 앵두를 보고 놀랐고, 다시 내 새끼 앵두의 입속을 보며 놀랐다.

먼젓번에도 두 번이나 뻐꾸기 새끼의 앵두 같은 입속을 보았을 텐데도 아무것도 기억나지 않고, 앞으로 한 달쯤 나와 남편이 열심히 벌레를 잡아 채워 넣어 주어야 할 지금의 새끼 앵두의 입속만 오직 내 세계의 전부인 것 같았다.

"삐이, 삐이……."

앵두처럼 붉고 환한 입을 벌려 앵두가 어미를 불렀다. 그 소리도 영락없는 오목눈이 아기의 울음소리였다. 나는 두 날개를 벌려 앵두를 안았다.

알을 까고 나온 지 하루도 지나지 않아 앵두가 배 아래에서 자꾸 몸을 들썩였다. 위에서 누르지 말고 좀 비켜 보라는 뜻 같았다. 다른 알보다 덩치가 큰 만큼 들썩이는 힘도 만만찮았다. 성화에 못 이겨 잠시 둥지 밖으로 나앉자 바로 놀라운 광경이 펼쳐졌다.

내가 보는 앞에서 태어난 지 하루도 지나지 않은 앵두가 아직 부화하지 않은 알을 구석으로 몰아 둥지 벽을 이용해 기어이 알 하나를 자신의 넓적한 등에 얹어 기를 쓰고 둥지 밖으로 밀어내 떨어뜨리는 것이었다.

이상도 한 일은 그런 행동을 하는 앵두에게 있는 것이 아니라 그 모습을 남의 일처럼 아무렇지도 않게 바라보고 있는 나 육분이에게 있었다. 어미인 내가 지켜보는 앞에서 알 하나가 둥지 밖으로 굴러떨어지고 두 개의 알이 남았다. 남은 두 개의 알도 앵두 등에 얹어져 밖으로 굴러떨어질 듯하다가 가까스로 다시 둥지 안으로 들어오곤 했다. 남편이 우리 둥지의 턱을 다른 오목눈이의 둥지보다 조금 높고 튼튼하게 지은 때문이었다. 이때에도 나는 말릴 생각을 않고 앵두의 그런 모습을 멀거니 바라보기만 했다. 왜 그러고만 있어야 했는지 정말 알 수 없는 일이었다.

남은 두 개의 알이 부화되었다. 새로 나온 새끼들은 이미 이틀 동안 집중적으로 먹이를 먹고 자란 앵두와는 비교도 되지 않을 만큼 몸이 작았다. 나와 남편은 쉬지 않고 벌레를 잡아 앵두의 앵두 같은 입에 넣어 주기에 바빴다. 그날도 벌레를 잡아 나르는 동안 작은 새끼 한 마리는 우리가 보지 않을 때 앵두가 둥지 밖으로 밀어내고, 또 한 마리는 남편과 내가 먹이를 물고 와 지켜보는 가운데 밖으로 밀어내 떨어뜨렸다.

알을 밀어낼 때처럼 나와 남편은 멀거니 바라보기만 했을 뿐 어떤 방비도 하지 않았다. 설사 밀려나는 게 남의 새끼라 해도 짠한 마음이 들어 말려야 하는데, 피를 나눈 새끼들이 밀려나는데도 조금도 그러지 않았다. 눈에 들어오는 건 오직 앵두의 모습뿐이었다.

앵두처럼 큰 새끼가 있는데, 작은 새끼들까지 먹여 키우는 게 무리라고 여겼던 것일까. 앵두와 갓 태어난 새끼가 같이 입을 벌려도 우리가 잡아 온 먹이는 어김없이 앵두의 입속으로만 들어갔다. 우리가 정작 우리 새끼를 왜 외면했던 것인지 우리 스스로도 알지 못했다.

기어이 앵두 혼자 둥지를 차지했다.

며칠 더 자라자 앵두 혼자 앉아 있기에도 둥지가 모자라 보였다.

남편과 나는 아침에 일어나면 저녁까지 앵두의 먹이를 잡아 나르느라 다른 생각을 할 틈이 없었다.

환했던 보름달이 다시 초승달로 줄어들자 아직 날개도 제대로 자라지 않은 앵두의 먹성이 더욱 왕성해졌다. 풀잎에서 잡은 벌레든, 공중에서 잡은 벌레든, 줄 위에서 잡은 거미든 잡아 주는 대로 입을 벌려 받아먹었다. 어떤 때는 먹이를 먹여 주느라 남편과 내 머리가 앵두의 입속으로 쑥 들어가 우리의 붉은빛 나는 머리가 앵두의 침에 촉촉하게 젖어 나올 때도 있었다.

그날은 일 년 중 해가 가장 긴 하지였다. 앵두의 몸이 절반 이상 둥지 바깥으로 나왔다. 앵두의 몸은 크기로 따져도 우리 몇 배는 될 듯싶었다. 벌레를 잡아도 잡아도 해가 지지 않았다. 길고 긴 여름날, 아침부터 저녁까지 남편과 나는 벌레를 잡아 나르느라 한시도 쉬지 못했다. 앵두는 먹이를 먹고 먹으면서도 계속 삐이, 삐이, 하며 배가 고프다고 하늘을 향해 입을 벌렸다. 앵두를 먹여 키우느라 남편과 나는 배가 등에 붙을 지경이었다. 그래도 이렇게 우리보다 몇 배로 크게 자란 앵두만 보면 저절로 마음이 뿌듯해졌다. 먹지 않고도 배가 불렀다.

한 번 위험한 일이 있었다.

우리 둥지는 찔레나무 사이에 있어서 침입자로부터 철통같은 줄 알았는데, 어느 날 아무도 몰래 누룩뱀이 찾아왔다. 찾아오기 힘든 둥지는 있어도 찾아올 수 없는 둥지는 없는 법이었다. 뱀이 왔을 때 우리야 나무 위로 날아오르면 되지만 앵두는 몸집만 크지 아직 둥지에서 혼자 나올 수 없었다.

아주 커다란 누룩뱀이 둥지 가까이 다가왔는데, 그런 줄도 모르고 앵두는 그저 먹이를 달라고 앵두처럼 붉은 입을 벌려 삐이, 삐이, 울어 댔다. 그걸 보며 나는 비명만 질러 대고 있는데, 먹이를 물고 온 남편이 먹이를 저만치 내팽개치고 누룩뱀 앞으로 나섰다. 둥지 가까이 온 누룩뱀과 남편의 눈이 마주쳤다. 남편은 죽기를 무릅쓰고 누룩뱀 앞으로 한 발 더 다가가 마치 날개와 다리를 다친 새처럼 뒹굴었다.

그러자 누룩뱀도 가시가 촘촘하게 박힌 찔레나무 위의 앵두 대신 남편에게 달려들기 시작했다. 누룩뱀 눈에서 파랗게 불꽃이 일었다. 남편은 누룩뱀이 다가오길 기다렸다가 누룩뱀이 한순간 머리를 날려 공격하면 바로 그 자리에서 스프링처럼 튀어 옆으로 몸을 굴렸다.

한 번 실패 후 누룩뱀이 다시 남편 쪽으로 다가와 아까처럼 눈에 불을 켜고 공격했다. 남편은 이번에도 스프링처럼 튀어 올라 몸을 피했다. 단 한 번만 실수를 해도 그대로 목숨을 잃는 일이었다. 옆에서 지켜보면 날갯죽지에 땀이 솟을 만큼 위험하기 짝이 없는 곡예를 남편은 쉬지 않고 펼쳤다. 누룩뱀도 독이 오를 대로 올라 남편이 몸을 뒹굴며 이끄는 대로 따라가며 연신 같은 공격을 퍼부었다. 남편은 열 번도 넘게 앙감질을 하며 누룩뱀을 둥지로부터 멀찍이 끌어냈다.

그 순간에도 앵두는 하늘로 입을 벌려 먹이를 내놓으라고 울었다. 나는 남편이 뱉어 놓은 먹이를 물어다 머리가 흠뻑 젖도록 앵두의 입속에 찔러 넣어 주었다.

"너는 다 잊어도 지금 이 순간 아버지의 모습을 잊으면 안 된다. 앵두야. 너의 장하고 자랑스러운 아버지의 이름은 이제 하늘의 별자리 이름 그대로 뱀을 잡는 땅꾼이란다. 너는 오늘 저녁 별이 뜨면 꼭 은하수 북쪽의 땅꾼자리를 바라보렴. 바라보며 아버지에게 경배하고, 감사 인사를 올리렴."

아는지 모르는지 앵두는 밀잠자리 두 마리를 눈 깜짝할 사이에 삼켰다.

제 어미와 아비가 옆에 있는데도 시도 때도 없이 누군가를 부르듯 삐이, 삐이, 하고 우는 울음과 먹성은 조금도 지치지 않았다.

스무 날이 지났다.

먹이를 잡아 날라 줄 때 앵두의 입속이 점차 앵두색에서 보통 새들의 입속처럼 변해 가고 있었다. 어른이 되어 간다는 뜻이었다. 날갯짓도 제법 할 줄 알아 이제 누룩뱀의 침입은 걱정하지 않아도 되었다.

"삐이, 삐이, 이제 밖으로 나와라."

남편이 앵두를 둥지 밖으로 불러냈다.

"삐이, 삐이, 싫어요. 더 있다가 나갈 거예요."

우리에게 배운 소리로 앵두가 대답했다.

"아니야. 지금 나와야 해. 더 크면 찔레나무 가지 사이로 나오기 어려워져."

새끼를 둥지 밖으로 끌어낼 때 쇠동고비는 애초 헐렁하게 지은 둥지 구멍 사이로 새끼를 반 강제로 끄집어낸다. 어떤 박새의 어미는 자기 다리를 새끼가 꼭 잡도록 해서 둥지에서 땅 위로 데리고 간다. 어느 쪽이든 그러기엔 앵두의 몸이 너무 크다.

남편은 부리에 먹이를 물고 그걸 흔들어 보이며 앵두를 억지로 둥지 밖으로 불러냈다. 앵두는 가시가 있는 찔레나무의 이쪽저쪽 가지에 옮겨 앉을 때마다 힘들어했다. 내가 고른 자리는 다른 자리보다 안전해도 출입구가 좁았다. 앵두가 찔레나무 바로 옆의 생강나무로 옮겨 앉기까지 한참 걸렸다. 남편과 내가 도왔는데도 찔레나무 가시에 앵두의 깃털이 걸리고 찢기기도 했다.

그럴 때 어쩔 수 없이 키이, 키이, 하고 알 수 없는 비명을 지르는 앵두의 모습에서 떠오르는 장면 하나가 있었다. 둥지를 다 짓고 알을 낳을 때, 저런 깃털을 찔레나무 가시에 남긴 틈입자가 있었다. 앵두의 깃털이 찔레나무 가시에만 걸린 게 아니라 내 마음에도 걸렸다.

문득, 어쩌면 이 아이가? 하는 생각이 머릿속에 스쳤지만, 이내 내가 먼저 도리질했다.

그럴 리가 없어. 저 아이는 내 가슴으로 품어서 키운 나의 장한 아이야.

우리 오목눈이도 저렇게 큰 아이를 낳아 키울 수 있다고.

오히려 그런 생각을 자식 앞에서 한 내 마음이 앵두에게 한없이 미안해졌다.

둥지를 벗어난 날부터 앵두는 조금씩 날갯짓을 하며 생강나무 이 가지에서 저 가지로 옮겨 앉으며 나는 훈련을 시작했다. 남편과 나는 더욱 바쁘게 벌레를 잡아 날랐다.

이따금 수뻐꾸기가 둥지 가까이 와서 뻐꾹, 뻐국, 울었다.

그러면 꼭 새매가 함께 키이, 키이, 하고 울었다.

우리는 오금이 저려 꼼짝도 못하겠는데, 철모르는 앵두는 그때마다 누가 절 부르는 듯 자꾸 주위를 두리번거렸다.

찔레나무 둥지에서 밖으로 옮겨 앉은 지 5일이 지났다.

앵두는 혼자 있을 때에도 가까이 있는 이 나무에서 저 나무로 몸을 옮기며 나는 연습을 했다. 아버지의 안내에 따라 땅에 내려와 흙 속을 뒤져 스스로 지렁이와 땅강아지를 잡아먹기도 했다. 그러고는 다시 절반 점프에 절반 날갯짓으로 앉았던 나무 위로 올라갔다. 잘 날아야 먹이 사냥을 할 수 있다. 새에게는 무엇보다 잘 나는 것이 가장 중요하다.

"많이 먹어라. 그래야 힘차게 날지."

남편과 나는 마지막 안간힘을 쓰듯 앵두가 먹을 벌레를 잡아 날랐다.

이제까지 키웠던 새끼들에게도 그랬겠지만, 정말 내 생애의 온 정성을 다한다는 생각이 스스로에게도 들 정도였다. 남편의 한쪽 어깨가 축 쳐져 있는 듯 보였다. 남편은 벌레를 잡아도 나보다 더 많이, 더 멀리, 더 큰 것을 잡아 와 앵두의 입속 깊숙이 머리까지 디밀어 그것을 넣어 주었다.

그날도 수뻐꾸기와 새매가 우리 둥지 가까이 와서 울고 갔다.

둥지를 나온 지 8일째, 누구보다 일찍 일어난 남편이 두 차례 벌레를 잡아 먹이고, 내가 두 차례 벌레를 잡아 먹였다. 다시 남편이 참매미보다는 작지만 소리는 더 시끄러운 쓰르라미 한 마리를 잡아 와 그것을 앵두 입에 넣어 주었다. 우리가 먹기엔 너무 커서 평소엔 잘 잡지 않는 벌레였다. 매미를 먹이고 남편은 다시 벌레를 잡으러 나가고, 나는 무슨 생각에선가 앵두가 앉은 생강나무 옆 자리에 앉았다.

"삐키이, 삐키이……."

앵두가 내가 알아듣지 못할 말로 뭐라고 말을 건넸다.

"뭐라고? 다시 말해 봐."

"삐키이, 삐키이……."

그 소리도 알아들을 수 없었다.

내가 다시 앵두 곁으로 다가가 고개를 기울일 때, 저쪽 참나무 가지 위에서 새매가 키이, 키이, 하고 울었다. 나는 바로 오금이 저려 두 발로 생강나무 가지를 꽉 붙잡은 채 꼼짝할 수 없었다. 저게 날아온다면 나도 큰일이지만 몸집만 크지 아직 하늘도 제대로 날아 보지 못한 앵두가 더 큰일이었다.

"키이, 키이……."

다시 참나무 가지 위에 앉은 새매가 울었다.

그 소리에 나는 불안해 어쩔 줄 모르겠는데, 앵두가 옆도 보지 않고 바로 하늘로 날아올랐다.

"키이, 키이……."

"아, 저걸 어째……."

그것이 앵두와 내가 마지막으로 주고받은 말이었다.

나는 앵두가 내는 마지막 소리에 아득하게 정신을 잃었다.

그것이 이제까지 새매 소리인 줄 알았던 그 소리여서가 아니라 내 새끼 앵두의 입에서 나온 마지막 소리여서 더욱 그랬다.

남편은 한참 후 왕잠자리 두 마리를 한입에 물고 날아왔다.

그때까지도 나는 한자리에 멍하니 앉아 있었다.

"앵두는?"

"갔어……."

"어디로?"

"뻐꾸기 어미 따라……."

더 말이 필요 없었다.

"녀석……. 이거 받아먹고 인사라도 하고 가지……."

남편은 입에 물었던 잠자리를 나무 아래로 떨어뜨렸다.

가장 무더운 여름날이었다.

그리고 가을이 왔다.

우리 둥지에서 자란 뻐꾸기 새끼 앵두도 제 본래 어미를 따라 멀리 어머니의 땅으로 갔을 것이다. 남편은 앵두가 떠난 다음 벌레를 잡을 때나 무얼 할 때나 하루 종일 앵두만 생각하며 앵두가 앉았던 생강나무에 넋을 잃고 앉아 있을 때가 많았다. 그 아이는 인사도 없이 우리 곁을 떠났다.

"앵두야, 너는 생각하고 있니?"

정말 우리 생애의 온 사랑을 다해 키운 아이였다.

"눈을 떠도 감아도 자꾸 앵두가 보여."

함께 나란히 앉은 산사나무 가지 위에서 내 어깨에 부리를 얹고 남편이 말했다.

그러던 어느 날 남편은 아무도 모르게 나무를 타고 올라온 누룩뱀에게 목숨을 잃었다. 까마귀가 먹는 쌀이라는 이름으로 붙여진 가막살나무 제일 아래 가지 위에서였다. 어쩌면 지난여름 찔레나무 둥지 앞에서 앵두를 살리기 위해 남편이 앙감질로 유인하여 물리쳤던 그 누룩뱀인지도 모른다. 그는 참으로 용감한 모습으로 뻐꾸기 새끼를 지켜 낸 하늘의 땅꾼과 같은 새였다. 앵두가 어디에 있든 아버지는 저 은하수 강 북쪽 기슭 땅꾼자리의 한 별에서 너를 지켜보고 있을 것이다. 그 생각을 하면 나도 앵두에 대한 원망과 그리움이 함께 차오른다.

너는 지금 어디에 있니?

저절로 하늘을 보고 묻게 된다.

너에게 꼭 해 줄 말이 있었는데, 네가 자유롭게 하늘을 날 때 그 말을 해 주려고 했는데, 그 말을 할 사이도 없이 너는 뻐꾸기 어미를 따라 날아가고 말았다.

네가 날개를 가진 새로서 가장 중요한 것은 속도가 아니라 방향이라고. 언제 어느 하늘을 날든 그것만은 잊지 말라고.

정말 그 얘기를 꼭 해 주어야 했는데 해 주지 못했다.

뻐꾸기는 어디에서 날아오나

며칠 후 나는 다시 철학하는 오목눈이를 찾아갔다.

그는 늘 그 자리에 앉아 있었다.

"어서 오게, 육분이."

지난번과는 다르게 그는 나를 반갑게 맞이해 주었다.

"지난번보다는 얼굴이 아주 좋아 보이는군. 몸도 좋아 보이고."

"여기 다녀간 다음 마음을 바꾸었거든요. 그래서 열심히 먹고 체력도 보강했습니다."

“잘했네. 앞으로 또 새끼를 기를 새는 그래야지.”

그러나 정작 나를 칭찬하는 그는 며칠 전보다 얼굴과 몸이 많이 쇠약해진 모습이었다. 생각이 깊어 한쪽으로 기울어져 있는 어깨도 전보다 많이 처져 보였다.

“어르신은 어디 편찮으신가요?”

“아니, 특별히 편찮은 건 없다네. 이제 나이가 있으니 몸이 알아서 떠날 준비를 하는 거지.”

그 말을 듣자 그가 살아온 일생만이 아니라 우리 오목눈이 전체의 삶에 대해 왠지 서글픈 생각이 들었다. 그는 몇 년 전 호랑나비 애벌레와 인연을 맺을 때부터 어떤 애벌레나 곤충도 입에 대지 않아 더 원기 없는 모습인지도 모른다.

“무슨 말씀을 그리 섭섭하게 하세요?”

“섭섭한 게 아닐세. 서른세 계절이면 오목눈이로 적은 세월이 아니지.”

그의 입으로 서른세 계절이라고 하니까 그 숫자가 갑자기 무척이나 많은 듯이 들렸다. 또 그렇게 말하니 일 년이나 한 살보다 한 계절이 더 두껍고 긴 시간처럼 느껴지기도 했다. 그러나 실제 그의 나이는 여덟 살이며 8년 전 봄이 아닌 여름에 알을 까고 세상에 나온 오목눈이라는 뜻이었다.

철학하는 오목눈이는 오래 살아온 새의 얼굴에 또 생각이 깊은 모습으로 넌지시 이쪽을 바라보았다. 나도 철학하는 새를 마주 바라보았다. 그러느라 둘 사이에 잠시 침묵이 있었다.

"그런데 오늘 육분이는 무슨 일로 여기 다시 온 건가?"

"어르신께 인사드리러 왔습니다. 사실은 긴 여행을 떠나 볼까 하고요. 며칠 동안이지만 몸도 그래서 불리고, 체력도 그래서 길렀습니다."

"긴 여행이라니?"

"어떻게 들릴지 모르지만, 지난여름에 키운 뻐꾸기 새끼를 찾아가 보려고 합니다. 다른 새끼들에게도 그랬지만, 정말 목숨을 다해 길렀거든요. 남편도 그 녀석을 못 잊어하다가 목숨을 잃었고요."

"그거야 일부러 찾아갈 것 없이 내년 여름이면 다시 오지 않겠나? 한번 간 다음 다시 안 올 새들도 아니고."

"그렇긴 하지만, 뻐꾸기는 그냥 그곳에서 저희들끼리 새끼를 낳아 기르지 않고 무슨 사연으로 여기까지 와서 우리 둥지에 알을 낳는지 그것도 알아보고 싶고, 지난여름에 키운 내 새끼는 그 먼 길을 잘 돌아가 지금은 어디에서 어떤 모습으로 살고 있는지 그 모습도 보고 싶습니다. 그냥 앉아서 내년을 기다리자니 원망도 사무치고, 그리움도 사무쳐 어디 한번 그 길을 따라가 볼까 합니다. 그 녀석에게 꼭 들려줘야 할 얘기도 있고요."

"자네, 자식을 찾아 떠난다니 우리 둥지를 찾아오는 뻐꾸기가 어디서 오는지는 잘 알고 있겠지?"

다시 철학하는 오목눈이가 물었다.

"예. 멀리 아프리카에서요."

"그래. 멀어도 너무 먼 곳에서 날아오는 새지."

"전에는 막연히 남쪽에서 오지 않을까 생각했는데, 제 머릿속 육분의로 여러 별자리 속에 그 아이가 날아간 길을 살펴보았습니다."

"나도 예전에는 제비처럼 강남에서 오는가 여겼다네. 그런데 아프리카에서부터 거대한 바다와 대륙을 지나 여기 동쪽 끝까지 오는 게야.※"

"그러니까요. 우리 둥지에 알을 낳으려고요."

"그런 걸 보면 남의 둥지에 알을 낳아 맡기며 사는 게 쉽다고만 여길 것도 아니지. 그 먼 곳에서 알을 낳으러 오는 건데, 그들도 참 고단한 날갯짓을 하는 거지."

철학하는 오목눈이의 말대로 풀을 뜯든 사냥을 하든 세상에 쉽게 사는 양과 쉽게 사는 늑대가 없듯 쉽게 사는 새도 없다. 제 둥지에 알을 낳아 키우는 새도, 남의 둥지에 몰래 알을 낳아 맡기는 새도 그랬다. 또 태어난 곳에 그대로 사는 새도, 멀리 떠나 사는 새도 그랬다.

"그래도 부럽구먼. 먼 길 떠날 수 있는 육분이가."

"부럽긴요. 그게 다 상처인걸요."

"사실은 말일세. 나도 이 나무에 앉아 혼자 이런저런 생각을 하며 꼭 한 군데 우수리강가에 가 보고 싶었다네."

그곳은 우리 붉은머리오목눈이가 흩어져 사는 가장 북쪽 땅이었다.

"거기에는 왜요?"

"우리 붉은머리오목눈이가 그곳 우수리강가에서부터 시작해 남쪽으로 버마, 태국까지 아주 넓게 점처럼 펼쳐져 사는 걸 육분이도 잘 알고 있지?"

"예. 점처럼 흩어져 있다고 여기지는 않지만요. 여름이고 겨울이고 철새들이 날아오는 걸 보면서 우리는 몸이 작아도 멀리 옮겨 다니지 않고 추운 곳이나 더운 곳이나 아무 데서도 잘 사는구나 생각하고 있지요."

"그 넓은 영토 중에서 왠지 내겐 북쪽 끝 우수리강가가 우리 오목눈이의 성지와도 같다는 생각이 들어 언젠가 꼭 한 번 그곳을 순례하고 싶었다네. 그런데 마음만 그럴 뿐 실천하기 쉽지 않아 지금은 가고 싶어도 갈 수 없는 몸이 되고 말았다네. 그게 새로서 내 일생에 가장 아쉽고 후회되는 부분이기도 하다네."

그 말을 할 때 철학하는 오목눈이의 어깨가 한층 더 처져 보이는 듯했다. 웬만하면 거기까지라도 함께 가자고 말하고 싶었으나 철학하는 새의 몸이 그럴 상태가 아니었다.

"땅 위에 사는 짐승들에게 우리는 날개가 있으니 어딜 다니는 게 자유롭게 보일지 모르지만 그건 먹이를 찾아서거나 새끼를 낳아 기를 곳을 찾아 이동하는 철새들 얘기지 우리 같은 텃새한테는 산 너머에 있는 바다까지 나가 보는 것도 쉬운 일이 아니지. 육분이는 용기가 참 대단하구먼."

"그게 용기라면 상처가 만들어 낸 용기겠지요."

내가 계획한 여행은 그곳까지 늦더라도 하루에 조금씩 떠나는 여행이었다. 속도보다는, 머릿속 육분의로 바른 방향을 잡아가는 것이다.

우수리강가에서

내 나이 세 살이면 붉은머리오목눈이로서 평균 수명을 살았다. 앞으로 더 산다 해도 그게 한 계절이 될지 두 계절이 될지 알 수 없다. 한 계절을 더 산다면 겨울을 넘길 것이고, 두 계절을 더 산다면 봄에 다시 새로운 남편을 만나 둥지를 짓고 알을 낳아 우리 오목눈이 새끼를 키울 것이다. 세 계절이라면 지난여름처럼 또 한 번 그때쯤 찾아오는 뻐꾸기 알을 받아 앵두의 동생을 길러 낼지 모른다.

어느 쪽이든 새끼도 충분히 길렀으며, 이 세상에 점 같은 새로 어미 오목눈이의 역할도 충분히 했다. 그중 앵두는 정말 목숨을 다해 기른 새끼였다. 남편도 끝내 그걸로 목숨을 잃었다. 내 핏줄도 아닌데 알 수 없는 그리움과 알 수 없는 원망이 차오르는 지금이 아니면 떠날 수 없는 여행이었다.

“자네가 돌아오면 나는 저세상 새가 되어 있겠구먼.”

나를 전송하며 철학하는 오목눈이가 말했다.

어쩌면 그럴지도 모른다.

“저도 떠나긴 하지만, 돌아올 수 있을지 모르겠습니다.”

나 육분이도 조금은 비장한 마음으로 말했다.

“어쩌면 이게 우리가 마지막으로 얼굴을 보는 것인지도 모르겠구먼. 내가 도와줄 일이 없긴 하네만, 떠나기 전에 서쪽 산 너머 사람들이 지은 절에 잠시 들렀다가 가게.”

“거긴 왜요?”

“거기 절 뜰에 돌로 세운 탑이 하나 있다네. 그 탑에 보면 날개를 크게 펼친 새 한 마리가 새겨져 있을 게야.”

“탑에 말인가요?”

“몸은 우리와 같은 새인데 얼굴은 영락없는 사람 모습이라네. 그래서 인면조라고 부르기도 하고 아름다운 목소리로 노래 부른다고 해서 미음조라고 부르기도 하는 새이지.[※]"

지금보다 더 깊은 가을이면 이따금 그 절 마당가에 새빨갛게 익은 불두화 열매 털이를 하러 가 보긴 했어도 그런 새 이야기는 처음 듣는 말이었다.

"진작 일러 주어야 했는데 내가 그러지 못했군. 거기 가서 탑 속의 새에게 자식을 찾아가는 아프리카까지 무사히 닿게 해 달라고, 또 잘 다녀오게 해 달라고 인사하고 떠나게. 꾀꼬리보다 더 아름다운 목소리로 천상의 말씀을 전하는 새라네."

나는 거기에 가서도 늘 씨앗 털이에만 바빠 그런 것이 있는지조차 몰랐다. 이제까지 내가 눈여겨 새겼던 것은 우리 오목눈이가 특히나 조심해야 할 아까시나무의 씨앗, 아주까리의 씨앗, 까마중의 씨앗, 겨우살이의 씨앗, 진달래의 씨앗처럼 먹어서는 안 되는 씨앗들의 종류와 이름들이었다.

"우리가 그걸 믿든 안 믿든 그래도 탑 속의 새에게 인사를 하고 떠나면 힘들고 먼 길, 마음속으로 어떤 위로와 가호가 있지 않겠는가."

"제가 어르신께 더 자주 와서 더 많은 가르침을 받아야 했는데 그랬어요."

"아닐세. 자네야말로 우리 가운데 누구보다 사려 깊은 새지. 이렇게 먼 길을 떠날 용기도 갖추고. 우리 새는 말일세. 하늘을 나는 동안 날개의 힘만 기르는 게 아니라 공중에서 더 많은 것을 보면서 생각하는 힘도 함께 기르는 거라네."

나도 철학하는 오목눈이를 위해 마지막으로 그의 생에 드리고 싶은 선물 하나가 생각났다. 그가 앉아 있는 나무 아래에 아마도 왼쪽 날개에서 빠진 듯한 깃털 하나가 땅에 떨어져 있었다. 나는 얼른 땅으로 내려가 그걸 입에 물어 겨드랑이 깃털 속에 지녔다.

"그럼 안녕히 계십시오."

나는 철학하는 오목눈이의 말대로 서쪽 산 너머 마을 깊숙한 곳에 자리 잡은 절에 갔다. 그곳에 늘 봐 왔던 모습으로 절 마당에 탑이 있었다. 탑 둘레를 한 바퀴 둘러보았다. 탑의 기초처럼 몸을 받치고 있는 기단부에 이제까지 제대로 눈여겨보지 않았던 인면조가 정면으로 날개를 펼친 모습으로 돋을새김되어 있었다.

"안녕하세요? 저는 저 산 너머에 사는 붉은머리오목눈이고, 이름은 육분이라고 합니다."

탑 속의 인면조는 이쪽으로 물끄러미 바라보기만 할 뿐 대답하지 않았다.

"이곳에는 여러 번 왔는데, 죄송하게도 오늘 처음 모습을 뵙습니다."

나는 다시 인면조에게 인사했다.

"저는 지난여름 제가 품어 키운 뻐꾸기 새끼를 찾아 아프리카로 떠납니다. 떠나기 전 인사를 드리러 왔습니다. 제가 아프리카까지 무사히 날아가 새끼를 만날 수 있도록 힘을 주시고, 저 산 너머 마을 회화나무 가지에 늘 앉아 있는 철학하는 오목눈이도 외롭지 않게 잘 지켜 주시기 바랍니다."

그러자 탑 속의 인면조가 날개를 접는 듯한 모습이더니 다시 몇 번 날개를 퍼덕여 탑 바깥으로 모습을 드러냈다. 탑에 새겨진 크기 그대로 까마귀거나 비둘기만 한 모습이었다. 그러나 탑 속에 있을 때는 돌이었는데, 탑 바깥으로 나와서는 이제까지 내가 보아 온 새들 가운데 가장 화려한 꿩의 목덜미와 가슴털보다 더 아름답고 영롱한 무지개색 깃털을 펼쳐 보였다. 놀랍기도 하고 황홀하기도 하여 나는 움찔 몇 걸음 뒤로 물러섰다.

"나의 작은 친구 오목눈이는 놀라지 마라."

그 소리 역시 이제까지 내가 들은 새의 소리 가운데 가장 아름다운 목소리였다. 봄이 왔다고 뱃종뱃종 우는 종달새도, 내가 왔으니 이제 여름이 온 거라고 호이호이 우는 휘파람새의 소리도 저만큼 아름답지 않았다.

"나는 이 탑 속에 1,200년 동안이나 날개를 펼친 모습으로 있었단다.[*] 그러는 동안 참으로 많은 사람들이 내게 와서 복을 빌고 갔지. 그렇지만 내게 말을 걸어 준 새는 작은 오목눈이 네가 처음이구나."

"저도 인면조님이 여기 계시는지 몰랐어요. 저 산 너머 철학하는 오목눈이 어른이 알려 주어서 알았답니다."

"그렇게 알려 준 철학하는 오목눈이도 고맙고."

"지금 모습이 인면조님의 원래 모습인가요?"

방금 전 눈앞에 펼쳐졌던 일들과 지금 모습이 너무도 믿기지 않아 다시 내가 물었다.

"크기를 말하는 거면 나는 내 몸을 있는 자리에 따라 크게 할 수도 있고 작게 할 수도 있단다. 어느 절 대웅전 귀포에 모습을 드러낼 때는 그 절의 처마 길이만 하게 몸을 늘릴 수도 있고, 방금 전처럼 탑 속에 있을 때는 거기에 맞게 돌처럼 모습을 바꿀 수도 있단다."

"놀라워요. 지금 제 앞의 모습은 너무도 황홀해 이 세상의 모든 햇빛이 인면조님 몸을 비추고 있는 것처럼 눈이 부셔요."

"그래, 오늘 내게 인사한 오목눈이는 어디로 떠난다고 했지?"

"지난여름 제가 키운 새끼를 찾아 아프리카로 떠납니다."

"참으로 먼 길을 떠나는구나."

"누가 무모하다고 말해도 제 마음 안의 그리움은 그보다 커 그 아이의 뒤를 따라가 보려고 한답니다."

"낳아 키우든, 대신 품어 키우든 그게 이 세상 새들의 어미 마음이겠지. 내가 여길 비우고 끝까지 함께 따라갈 수는 없고, 저 앞산 너머까지 바래다주도록 하마. 이제 날아올라라."

나는 그대로 하늘을 날아올랐다. 한결 힘이 솟고 한결 몸이 가벼운 느낌이었다. 인면조가 나란히 내 옆에 날아올랐다. 하늘을 나는 모습 역시 그 날갯짓을 보지 않고는 말할 수 없는, 그야말로 천상의 새처럼 눈부신 모습이었다.

"네가 가는 길에 이 세상 아름다운 마음들의 가호가 있을 것이다."

"감사합니다."

"잘 다녀오너라."

앞산 마루에서 인면조는 공중에서 내 몸을 세 바퀴 돈 다음 날개를 돌려 원래 있던 절로 돌아갔다. 아마도 네 마음속에 내가 있으니 두려워하지 말라는 뜻일 것이다.

"감사합니다, 인면조님. 감사해요, 철학하는 어르신."

나도 공중에서 깊숙이 고개를 숙였다.

처음부터 바다를 건너갈 엄두가 나지 않아 우선 북쪽으로 압록강을 넘어 아프리카가 있는 서쪽으로 향해 날아갈 생각이었다. 그러나 나는 철학하는 오목눈이를 대신해 그가 우리 붉은머리오목눈이의 성지 같다고 말한 북쪽 우수리강부터 둘러보기로 했다. 나의 날갯짓이 곧 철학하는 새의 날갯짓이었다.

우수리. 사람들이 그어 놓은 금으로는 중국 동북지방과 러시아 사이에 국경을 이루는 강이다. 거대한 물줄기라는 뜻 그대로 넓은 강줄기를 따라 가을이면 강을 가득 채울 만큼 많은 연어들이 먼바다로부터 몰려온다. 그곳은 우수리 연어들의 고향이며 우리 붉은머리오목눈이가 봄여름 둥지를 틀고 있는 가장 북쪽 땅이기도 하다. 강가에 펼쳐진 너른 갈대숲과 차조기* 열매들이 다 우리의 먹이였다. 아직 깊지 않은 가을인데도 그곳은 벌써 바람이 찼다. 강은 마침 그때쯤 돌아오는 연어들로 요동쳤다.

이곳에서 우리가 점처럼 흩어져 남쪽으로 내려왔구나.

우수리강은 북쪽으로 더 흘러가 보다 서쪽에서 흘러온 아무르강과 합쳐진다. 그곳이 철학하는 오목눈이가 정한 우리 붉은머리오목눈이의 성소다. 나는 나의 겨드랑이 깃털 깊숙이에 넣어 온 철학하는 오목눈이의 왼쪽 날개깃을 그의 영혼을 그의 성지에 풀어 주듯 그곳 강가에 놓아 주었다.

고맙네.

어디선가 바람결에 철학하는 오목눈이의 인사가 전해져 오는 듯했다. 나도 바람결에 어르신께 인사를 전했다.

이제 영혼으로라도 자유롭게 넘나들기 바랍니다.

저는 앵두가 있는 서쪽 아프리카로 갑니다.

대륙의 들판에서 만난 참새

나의 이동은 보통 새들보다 느리다. 머릿속 육분의로 정확하게 방향을 잡고 날아가도 그랬다. 느려서 답답함이야 있겠지만 빠르다고 다 좋은 것은 아니다. 우리 오목눈이는 자신이 태어난 산과 들에서 일생을 보낸다. 멀리 날아가봐야 사람 사는 마을 하나거나 두 개 정도 거리이다. 앵두를 찾아 아프리카로 떠나는 여행의 첫 기착지인 우수리강가로 날아가기 전까지 내가 가장 멀리 가본 것은 태어나 세 번째 계절이 되던 가을, 호기심 많은 부들이를 따라 바닷가 마을로 들어온 군함 속의 육분의를 보러 갔을 때였다. 느낌으로는 꽤 먼 거리였던 것 같은데 실제로 오가는 데 반나절밖에 걸리지 않았다.

그때 직접 보지는 못하고 그곳에서 만난 갈매기로부터 군함새 얘기를 들었다. 그 새는 바다 한가운데서 날치 떼를 쫓을 때는 시속 200킬로미터 속도로 날다가 수면 위로 뛰어오르는 먹이를 채러 급강하할 때는 그것의 두 배 가까운 속도를 낸다고 했다. 갈매기들도 최고 속력으로 날 때는 시속 200킬로미터로 날고, 새매와 황조롱이도 그만한 속도로 우리를 쫓는다.

발목에 사람들이 달아 준 편지를 가지고 멀리 소식을 전하는 비둘기도 시속 80킬로미터의 속도로 쉬지 않고 10시간 이상 날 수 있으며, 제비도 바다를 건널 때는 오히려 속도를 높여 시속 130킬로미터로 양쯔강 남쪽에서 우리가 사는 동쪽 산골 마을까지 날아온다.

내가 우수리강으로 갔을 때 시베리아에서 내려온 기러기들이 다시 남쪽으로 이동하려고 준비하고 있었다. 전에도 가을이면 우리 머리 위를 지나 이동하는 그들을 바라볼 수 있었다. 고개를 세워 바라보면 그들은 적게는 스무 마리, 많게는 쉰 마리도 넘게 떼를 지어 ㅅ자 대형으로 날아간다.

"저 새들은 왜 늘 저런 모습으로 날지요?"

그것 역시 태어나던 해 가을에 나이 많고 경험 많은 오목눈이가 말해 주었다.

"함께 이동하는 새들끼리 서로 위하고 협동하기 때문이란다. 우리 오목눈이는 나무에 앉았다가도 저마다 뿔뿔이 날아올라 그런 것을 잘 모르는데, 저렇게 날면 제일 앞에 나는 새는 힘들어도 나머지 새들은 좀 더 쉽게 날 수 있거든. 끝으로 갈수록 말이지."

"그러면 맨 앞에 나는 기러기가 제일 힘센 기러기인가요?"

"그렇지 않단다. 저기 함께 날아가는 모든 기러기가 번갈아 가며 앞자리에 선단다. 가다가 힘들면 제일 끝으로 가고 그 자리를 한 칸씩 밀려 올라가는 거지. 제일 앞에 선 기러기에게 우리 모두 네 덕분에 잘 날아가고 있으니 너도 지치지 말고 기운 내라고 끼룩끼룩 소리 내 응원하면서."

"어르신은 어떻게 그리 잘 아세요?"

"저기 봐라. 방금도 맨 앞에 섰던 기러기가 자리를 바꾸고 뒤로 가잖니. 너희도 여러 해 저들이 날아가는 모습을 지켜보면 저절로 알게 되지."

보다 경이로운 건 자연의 장벽과도 같은 높은 산과 먼바다를 건너 이동하는 새들의 모습이다. 몸무게가 10킬로그램이 넘는 고니는 8천 미터 상공을 시속 80킬로미터의 속도로 1천 킬로미터를 쉬지 않고 날아 이동한다. 지구 북쪽 끝에서 남쪽 끝으로, 다시 한 계절이 지나면 반대로 남쪽에서 북쪽 끝으로 이동하는 북극제비갈매기와 노랑발도요는 한 번 이동할 때 1만 5천 킬로미터가 넘는 거리를 날아간다.

앵두의 뻐꾸기 어미도 아프리카에서부터 두 개의 거대한 대륙과 바다를 지나 우리가 사는 동쪽 끝까지 날아와 내 둥지에 알을 낳았고, 그 알에서 깨어난 앵두가 절 낳은 어미를 따라 지금 1만 4천 킬로미터를 날아 아프리카에 가 있다.

그에 비하면 우리 오목눈이는 한 시간에 40킬로미터씩 날아가는 것도 벅차고 장시간 날지도 못한다. 속도를 늦추어 시간당 30~35킬로미터씩 그것도 중간중간 쉬면서 날아야 한다.

몸집이 작아서 멀리 못 나는 것은 아니다. 알래스카에 사는 북방사막딱새는 우리와 몸집이 비슷해도 해마다 알래스카에서 사하라 남쪽 아프리카까지 석 달 동안 틈틈이 먹이를 보충하며 하루 200킬로미터씩 1만 5천 킬로미터를 날아가 겨울을 난다. 내게는 이번 여행의 모범처럼 용기를 주는 새이다.

나는 텃새로 태어난 내 몸에 맞게 하루에 조금씩 여러 날 오래 날아가면 된다. 속도보다는 바른 방향을 잡아서, 오직 인내와 끈기로 날아가야 한다. 힘들더라도 가는 데까지, 갈 수 있는 데까지 날아갈 것이다. 그러자면 무엇보다 내가 가는 길과 지형을 잘 알아야 한다. 그것은 머릿속의 육분의가 도와줘야 할 부분이다.

처음엔 내가 사는 동쪽 마을에서 우수리강까지 오래 나는 것에 익숙하지 않아 중간에 쉬는 날까지 포함해 10일이나 걸렸다. 그다음 우수리강에서 황하 남쪽 벌판까지는 그것의 두 배쯤 되는 거리인데도 오래 나는 것에 조금 익숙해져 13일 만에 날아왔다. 대략 사흘이나 나흘 열심히 이동한 다음(이때에도 틈틈이 먹이 채집을 하면서) 하루는 두세 개 마을 정도만 이동하며 온전히 날개를 쉬었다.

황하 유역은 깊을 대로 깊은 가을이어서 황토물의 강 북쪽도 남쪽도 끝없이 펼쳐진 황금 들판에 벼가 익어 가고 있었다. 여기저기 점 같은 참새 떼들이 날아와 씨앗 털이를 했다.

보다 경이로운 건 자연의 장벽과도 같은 높은 산과
먼바다를 건너 이동하는 새들의 모습이다.
지구 북쪽 끝에서 남쪽 끝으로, 다시 한 계절이 지나면
반대로 남쪽에서 북쪽 끝으로 이동한다.

나도 잠시 날개를 쉬면서 논둑에서 알 가진 메뚜기와 수크령 씨앗 털이를 했다.

"얘, 수크령 같은 거 먹으면 힘이 나니? 여기 와서 우리하고 같이 이삭 털이를 하지그래."

논에 든 참새가 마치 자기가 논의 주인인 것처럼 말했다.

"괜찮아. 우리 오목눈이는 누가 땀 흘려 가꾼 곡식은 털지 않아."

"너도 우리가 사람들에게 피해를 준다고 생각하니?"

"그것도 피해일 수 있지. 저렇게 많은 참새들이 논에 앉았는데."

"변명하려는 게 아니라, 예전에 여기에도 너처럼 생각하던 사람이 있었단다. 중국 땅 전부를 지배하던 사람인데, 어느 해 그가 농촌을 방문해 우리 참새를 해로운 새라고 지목하자 대대적인 박멸 작전이 펼쳐졌지. 봄 여름 가을 틈도 없이 우리 참새 둥지를 찾아 그 안의 알은 깨뜨려 버리고, 자라는 새끼들을 죽이고, 어른 참새를 그물로 잡아 1년 만에 아주 엄청난 수의 참새가 사라졌지. 그다음에 무슨 일이 생겼는지 아니?"

"글쎄."

"우리 참새 수가 줄어들자 논밭의 해충들이 빠른 속도로 퍼져 오히려 전에 경험하지 못한 끔찍한 흉년을 맞게 되었지. 그래서 이웃 나라에서 급히 참새를 사들여 여기에 풀어놓았단다. 우리는 그때 들어온 참새의 후손이야.*"

"오, 저런!"

"그런 사람이 또 하나 있지."

"누군데?"

"체리를 좋아하던 서양의 어느 왕 이야기란다. 우리 참새가 체리를 콕콕 찍어 먹는 걸 보고 화가 난 왕은 체리 동산에 날아드는 참새를 모두 잡아 버리라고 명령했지. 그해는 괜찮았는데, 다음 해부터 엄청나게 늘어난 해충들이 체리 나무의 겨울눈까지 싹싹 먹어 버려 3년째부터는 봄이 되어도 새싹이 돋아나지 못하고 나무들이 모두 죽고 말았단다. 그제야 왕은 우리 참새가 체리 동산의 해충을 잡아먹는 이로운 일을 한다는 것을 알았지.*"

"들판의 벌레는 우리 오목눈이도 많이 잡아먹지. 뻐꾸기의 알을 받아 키울 땐 해 긴 여름 새벽부터 저녁까지 부부가 함께 나서서 쉴 새 없이 벌레를 잡아야 하고. 그래도 우리는 누가 일부러 가꾼 곡식은 건들지 않아."

"우리 참새 눈에도 너희 오목눈이의 식성은 참 소박하지. 그런데 너는 텃새인데도 행색이 꼭 먼 곳에서 온 나그네새 같구나."

"그래. 어쩌다 그리운 새가 있어 먼 길을 떠나게 되었단다."

경전을 읽는 독수리와
이상한 이름의 새

황하 들판에서 하루를 쉰 다음 다시 티베트고원 동쪽까지 7일을 날아왔다. 우리 오목눈이는 높은 산을 넘어 다닐 수 있는 고니가 아니라서 세계의 지붕과 같은 티베트고원과 히말라야산맥을 바로 가로지를 수 없다. 높이 올라갈 수도 없지만 올라간다 해도 숨을 쉴 수 없어 금방 심장이 멎어 버릴 것이다.

서두른다고 성공할 여행이 아니었다. 고원 동쪽에서 하루를 쉰 다음 다시 5일 동안 남쪽으로 둥그렇게 돌아가다가 특이한 마을에서 특이한 새를 보았다. 그 마을은 초입부터 붉고, 푸르고, 노랗고, 하얗고, 주황빛이 도는 오색 깃발이 곳곳에 걸려 있고, 깃발마다 깨알처럼 글씨들이 쓰여 있었다. 사람들이 금 그어 구분하는 지명으로 중국 윈난성의 장쭈(장족) 마을이었다. 쉼 없이 날아온 것은 아니지만 이곳에서도 하루쯤 날개를 쉬어야 했다. 앉을 자리를 잡은 곳이 마을 언덕 위 보리밭 둑에 서 있는 비파나무였다.

날아올 때는 잘 몰랐는데, 나무에 앉아 놀랐던 게 언덕 위에 있는 보리밭들을 보고서였다. 내가 떠나온 동쪽 마을은 보리와 밀이 익고, 자두와 복숭아가 익고, 벼와 억새와 부들이 익는 계절이 저마다 다르다. 이곳은 한쪽 밭에서는 새파랗게 밀과 보리가 자라고, 한쪽 밭에서는 누렇게 익은 밀과 보리를 추수했다. 멀리 남쪽으로 가면 여름만 있는 나라가 있다는 말을 듣긴 했어도 이곳이야말로 일 년 내내 봄만 있는 상춘의 나라 같았다. 그래도 나무들은 일 년에 한 번 꽃 피는 계절과 열매 맺는 계절이 따로 있겠지만, 민들레와 보리밭을 보니 풀들과 사람이 심어 가꾸는 곡식은 아무 때고 꽃이 피고 제각각 추수를 하는 것 같았다.

참 이상한 곳이네. 어째 사철이 봄 같은 곳이네. 춥지도 덥지도 않고.

"그래. 먼 곳에서 온 네가 바로 보았구나. 이곳은 늘 봄만 있는 샹그릴라*란다."

분명 나 혼자 마음속으로 말했는데 누군가 내 마음속의 말을 받아 대답하는 것이었다. 굵으면서도 아주 부드러운 목소리였다. 참 이상하네. 나는 주위를 둘러보았다. 아무것도 보이지 않았다.

"얘야, 이상할 것 없단다."

이번엔 그 소리가 내 머리 위에서 들렸다. 쳐다보니 커다란 독수리가 원을 그리며 천천히 마을을 돌고 있었다. 공중에 떠 있어도 몸집은 우수리강가에서 보았던 기러기보다 크고, 활짝 펼친 날개는 커다란 파초 잎을 반으로 잘라 놓은 것만큼이나 길고 넓었다. 당연히 무서워해야 하는데 먼저 들은 부드럽고 친절한 목소리 때문인지 커다란 부리와 발톱을 보고도 무섭다는 생각이 들지 않는 것도 이상한 일이었다.

"대공께서는 저를 아시나요?"

"알지는 못하지만 저쪽 마을 입구에서 이쪽으로 날아오는 것을 보았지."

그러면 단숨에 달려들어 낚아채야 하는데 그러지 않았다. 머리 위 한참 높은 곳을 날아도 독수리는 마치 옆에 앉아 있는 것처럼 내게 말을 걸었다.

"너도 궁강령으로 가는 새냐?"

"아뇨. 아프리카로 가는데요."

"멀리도 가는구나. 어디서 오는 새냐?"

"동쪽 마을 끝에서요."

"많이 지쳐 보이는구나. 그래서 궁강령으로 가는 새인 줄 알았지."

"그곳은 어딘데요?"

"저 산맥 아래 안쪽에 삶에 지친 새들이 모이는 곳이지."

"그럼 치료가 필요한 새들이 가는 곳인가요?"

"그런 새들이야 저마다 자기 방식으로 치료하지. 먹는 것으로 치료하기도 하고 쉬는 것으로 치료하기도 하고."

"그럼 어떤 새들이 가는 곳인가요?"

"나처럼 오래 살아 이제 죽음을 앞둔 새들이나 너처럼 대륙을 지나고 산맥을 넘는 비행에 지쳐 이제 더 이상 날갯짓을 하기 어려운 새들이 가는 곳이지."

그 말에 나 육분이는 바짝 긴장했다. 나 스스로는 아니라고 하지만, 독수리의 눈에 내가 그만큼 지쳐 보인다는 뜻이었다.

"여기 살며 그런 새들을 많이 봤거든. 봄과 가을이 오면 많은 새들이 산맥을 넘거나 돌아서 이동하지. 이동할 계절은 다가오는데 몸은 이동할 준비가 제대로 안 되어 있으면 답답한 노릇이지."

"그러면 어떻게 되나요?"

"계절이 되어 억지로 떠나기는 하는데 여기 고원을 지나기가 쉽지 않은 거지. 여기가 남북으로 오가는 새들의 길목이거든."

아직 여행은 절반도 하지 못했는데 벌써부터 지쳐서는 안 될 일이었다. 속도로든, 마음속의 조급함을 다스리는 일로든 뭔가 조절이 필요하다는 뜻이기도 했다.

"여기 티베트의 새들은, 또 봄과 가을에 티베트를 지나는 새들은 예부터 내려온 전설처럼 저마다 나이가 많아서든, 아니면 고원을 지나고 산맥을 넘는 날갯짓에 지쳐서든 자기의 삶이 끝날 때가 되면 누가 말해 주지 않아도 모두 샹그릴라 저 안쪽 궁강령으로 모여들지."

"새들의 묘지 같은 곳인가요? 그러니까 조금 무섭기도 하고요."

"아니, 무서워할 것 없단다. 그곳은 묘지라기보다 이곳을 지나는 새들의 마지막 휴식처 같은 곳이니까. 새들이 왜 거기에 가서 자기의 일생을 마치는지에 대해서는 그곳으로 가는 우리 스스로도 알지 못할 수수께끼로 남아 있지만. 지치고 아픈 몸으로도 거기에 가면 편히 눈을 감는다는 것만은 그곳으로 가는 새들마다 누가 알려 주지 않아도 알고 있는 거지."

왜 하필이면 히말라야산맥 아래의 궁강령일까. 우리의 지친 마음을 위로하고, 병든 몸을 거두어 주는 새의 정령이 그곳에 살고 있는 것일까.

궁강령 같은 새들의 성소가 없는 동쪽 마을에서 우리 오목눈이는 스스로 떠날 때가 되면 아무에게도 알리지 않고 조용히 보다 깊은 숲으로 들어간다. 나를 낳은 어머니와 형제들이 그랬고, 남편들이 그랬으며, 친구 부들이가 온다 간다 말없이 우리 곁을 떠났다. 어쩌면 지금쯤 철학하는 오목눈이 역시 그가 늘 앉아 있던 나무를 떠나 조용히 보다 깊은 숲으로 들어갔는지도 모른다.

"우리 새들의 세상도 참 넓고 신비스럽군요."

나는 조금 비감스러운 기분으로 말했다.

"보아하니 멀리서 와도 바탕은 텃새 같은데, 아프리카엔 무슨 일로 가는 거냐?"

"그곳에 찾아가 꼭 만나야 할 새가 있어요."

"조심해라. 궁강령은 이곳 한 군데여도 여행을 하는 동안엔 날개를 움직여 가는 곳 모두가 궁강령일 수 있으니."

"마음에 잘 새기겠습니다. 대공께서는 왜 궁강령으로 가시는데요?"

"나는 독수리 중에서도 좀 오래 산 편인데 이제 그럴 만큼 나이를 먹었거든. 여기는 늘 봄이어도 이번 건기가 지나고 우기가 오면 태어난 지 40년이 된단다."

"독수리는 40년쯤 되면 그동안 써서 약해진 부리와 발톱을 스스로 뽑아내고 새로운 부리와 새로운 발톱으로 30년을 더 산다고 들었는데 아닌가요?"

"나도 그런 얘기를 듣고 웃었지. 그 얘기 속의 독수리는 40년쯤 되면 부리가 굽어지고 발톱도 약해져 제대로 먹이 사냥을 할 수 없게 되지. 한두 해를 더 그런 모습으로 살다가 죽을지, 아니면 변신 과정이 고통스럽지만 그걸 이겨 내고 새로운 모습으로 30년을 더 살지 결단을 내리지."

"예. 제가 들은 얘기가 그거예요."

"그 독수리는 혼자 절벽에 올라가 자신의 부리를 바위에 으깨 뽑아 버리지. 그러면 그 자리에 처음처럼 단단한 새 부리가 돋아나고, 그 부리로 굽어져 망가진 발톱을 뽑아 버리면 거기에 새 발톱이 돋아나고 그때부터 독수리는 다시 새로운 삶을 시작하는 거고."

"맞아요."

"우리가 독수리니까 우리가 가장 바라는 일이겠지. 그러나 그런 일은 없단다. 그런 말은 누구에게 용기를 주기 위한 말 같아도 사실은 용기를 주기 위한 말이 아니란다. 사실이 아닌 말을 사실인 것처럼 만들어 놓고 스스로 부리를 뽑고 발톱을 뽑는 독수리처럼 되라고 누군가를 힐난하거나 쥐어짜기 위한 말이지. 사람들의 말은 잘 새겨들어야 해.[*]"

"비유의 가면이군요. 우리 동네 어른도 그렇게 말했어요.

사람들의 말속엔 금언과 격언에도 비유의 가면이 많다고. 그런데 대공께서는 왜 그렇게 마을을 빙빙 도는지요?"

"궁강령으로 가기 전에 경전을 읽고 있는 중이란다."

"경전이요?"

"마을 곳곳에 내걸린 오색 깃발에 경전이 쓰여 있거든."

"공중에서도 글씨가 다 보이나요?"

독수리가 아무리 눈이 좋아도 그것은 좀 무리일 듯싶은데, 하늘에서 이야기를 하는 독수리는 글씨의 뜻은 몰라도 거기에 찍혀 있는 점 하나까지도 다 보인다고 했다. 하기야 사막에 바늘 하나 던져 놓고도 찾는 눈이라고 했다. 새매도 그런 눈으로 우리를 쫓았다.

"글씨를 모르는 사람들도 깃발이 한 번 펄럭일 때마다 그걸 바라보면 경전의 내용을 한 번 읽은 것이라니까 나도 궁강령으로 가기 전에 마지막으로 공중을 돌며 펄럭이는 깃발을 바라보는 거란다."

"대단하군요. 저걸 내건 사람들은 한 번에 많은 깃발을 볼 수 없지만, 우리 새들은 높은 곳에서 한꺼번에 온 마을의 깃발을 다 볼 수 있으니까, 게다가 대공께서는 어떤 새보다 높이 날고 눈도 밝으니까 어쩌면 이 세상에서 가장 많이 경전을 읽은 것인지도 모르겠어요."

"고맙구나. 그렇게 말해 줘서."

"사실은 저도 여기 오기 전 어느 절 탑에 새겨진 새에게 인사하고 왔거든요."

"그래. 너에게도 저 깃발의 말과 그 새의 가호가 있기를 바란다."

사람들이 써 놓은 글씨는 몰라도 이미 깃발이 바람에 펄럭인 것만큼 많이 경전을 읽어 그 속의 내용을 스스로 실천하고 있는 자비로운 독수리였다.

그리고 또 한 마리의 새를 만났다. 일 년 내내 봄만 계속되는 샹그릴라에서 다시 길을 떠나 설산이라 불리는 히말라야산맥 아래를 지날 때였다. 샹그릴라는 비가 덜 내리는 건기의 봄이었는데, 그곳은 히말라야산맥 아래여서 금방 한겨울을 맞은 듯했다. 얼굴과 머리에 하얗게 눈이 덮인 설산이 바로 부리 앞에 보이는 곳이었다.

그 새는 어느 날 밤, 내 꿈에 찾아왔다. 설산 아래였고, 갑

자기 기온이 내려가 그곳을 지나는 동안 가장 추운 밤이었다. 떠나온 지 50일이 넘어가자 나뭇가지에 앉아 동쪽 하늘의 별을 보노라면 고향 생각도 많이 나고, 아무리 그리움과 원망이 함께 사무쳐 떠나온 길이었어도 그 아이가 올 때까지 그냥 그곳에서 기다려야 하는 걸 그랬나 하는 생각이 들기도 했다. 지난여름 함께 앵두를 키우고 나서 목숨을 잃은 남편도 그립고, 어쩌면 늘 앉아 있던 나무를 떠났을지 모를 철학하는 오목눈이의 안부와 열흘 전쯤 만난 경전을 읽는 독수리가 궁강령으로 잘 갔는지도 궁금해지는 밤이었다.

꿈속에 새가 울었다.

"내일이면 집 지으리. 내일이면 집 지으리……."

히말라야 설산에 산다는 바로 그 새였다. 늘 추위 속에 고통스러워한다고 한고조(寒苦鳥)라고 부르기도 하고, 눈보라 치는 겨울밤에 추위 때문에 잠들지 못하고 밤새 '내일이면 집 지으리' 노래하듯 운다고 해서 울음소리 그대로 내일이면 집 지으리 새라고 부르기도 한다는 전설 속의 새였다.

그 새에 대한 얘기 역시 동쪽 마을에 있을 때 철학하는 오목눈이와 세상에 우리가 모르는 새 이야기를 나눌 때 들었다.

"여보게. 인도 설산에 가면 아주 게으르기 짝이 없는 새가 있다네. 얼마나 게으른지 추운 설산에 살면서도 절대 추위를 피할 둥지를 짓는 법이 없다네. 밤이면 눈보라와 찬바람에 오들오들 떨면서 '내일이면 집 지으리, 내일이면 집 지으리' 울다가도 막상 날이 밝아 햇살이 고루 퍼지면 지난밤의 고통 같은 것은 까마득하게 잊고 종일 놀기에 바쁜 새라네."

"맹랑하군요. 매일 자기가 한 다짐도 잊고."

"자네 생각엔 그런가? 도를 닦겠다고 불문에 들었어도 게을러서 제대로 도를 닦지 못하는 비구를 그렇게 불렀다네."

"사람들이 지어낸 비유인가요?"

"그런 셈이지. 이거 역시 누군가를 힐난하기 위해 지어낸 비유인지 모르겠으나, 가만히 생각해 보면 나는 이 새야말로 참으로 자연의 새구나, 자연의 새답게 사는구나 하는 생각이 든다네. 꼭 추위를 피할 집이 아니더라도 우리야말로 어제의 다짐을 오늘에 잊는 일들이 얼마나 많은가. 내일엔 무얼 해야지, 하면서도 막상 내일이 되었을 때 그 다짐을 잊고 그냥 넘어간 일들은 또 얼마나 많은가. 그런다고 우리 오목눈이 세상이 달라진 것도 아니잖은가?"

"그래도 추우면 집을 지어야지요."

"우리는 추위를 피할 집을 가지고 있는가?"

"우리는 추위를 피할 집은 짓지 않지만, 추위보다 더 무서운 새끼들을 위해 따뜻한 봄과 무더운 여름에 집을 짓지요."

"그래. 우리는 새끼를 키우는 일이 설산의 추위보다 새매의 울음소리보다 무섭지."

'내일이면 집 지으리' 울음 속에 그때의 대화를 떠올리다가 잠이 깨었다. 설산의 추위 속에 낮 동안 하루 200킬로미터씩 날아가는 일도 힘들어 괜히 떠나왔나 하는 생각도 후회처럼 들고, 샹그릴라에서 만난 독수리가 말하던 궁강령의 위안도 생각나던 밤이었다. 아마도 그런 마음속에 그 새가 꿈속으로 온 모양이었다. 아프리카로 가는 먼 길, 자기처럼 후회하지 말고 몸도 잘 추스르고 마음도 잘 다잡고 여행하라고. 먼 곳의 인면조가 일부러 깨워서 내게 보낸 새일지도 모른다.

황하 들판에서 티베트고원 남동쪽 샹그릴라로 오는 동안 한 차례 태풍을 만나 내 몸이 어디로 날아가는지도 모르게 한참 날아간 적이 있었다, 위험천만한 일이었다. 능금나무 가지에서 자고 일어난 어느 날 아침엔 지독한 안개 속에 왔던 길을 한참이나 되돌아가기도 했다. 육분의를 잘못 읽어 길이 아닌 엉뚱한 곳으로 날아가다가 그대로 어느 강둑에 세운 철탑에 부딪쳐 목숨을 잃을 뻔한 일도 있었다. 그날은 온전히 하루 날갯짓을 쉬어야 했다.

설산 아래에서는 그보다 더 끔찍한 일을 겪었다. 갑자기 불어온 눈보라가 나를 어느 계곡 눈구덩이 속으로 밀어 넣었다. 10그램밖에 되지 않는 내 몸은 너무 가벼워 중심조차 잡을 수 없었다. 한순간 돌풍처럼 불어닥친 눈보라가 어찌나 거센지 거기에서 빠져나오려고 하면 할수록 눈의 수렁 속에 빠진 것처럼 정신을 차릴 수 없었다. 아마도 그때 고향 마을의 경험 많은 어르신의 말을 떠올리지 않았다면 그대로 눈구덩이 속에서 목숨을 잃고 말았을 것이다.

"눈보라가 칠 때는 눈앞에 점점이 휘날리는 눈을 다 보려고 하지 마라."

"그러면 눈을 감아요?"

"그것도 중심을 잃게 되고 위험한 일이지."

"그럼 어떡해요?"

"눈을 부릅떠."

"그러기만 하면 되는 거예요?"

"아니지. 눈앞에 회오리치는 눈을 전부 보려고 하면 그것이 산처럼 밀려온단다. 마구 휘날려도 점점이 휘날리는 눈을 다 보려고 하지 말고, 어느 한 송이만 놓치지 말고 꼭 붙들어. 그러면 몸이 눈보라에 날려도 정신을 잃지 않는다."

"그다음에는요?"

"공중에 바람과 함께 휘날리는 눈이 아니라 땅에 쌓인 눈에 몸을 숨기면 위험한 고비를 넘길 수 있어. 태풍이 불어올 때 갈대숲으로 들어가 바람이 불어오는 방향으로 부리를 두고 정신을 바짝 차리는 것과 같은 이치란다."

설산이 그냥 설산이 아니었다. 떠나온 동쪽 마을에서 보았던 눈은 아무것도 아니었다. 어느 날은 시도 때도 없이 불어대는 강풍 속에 꼬박 하루를 얼음 기둥 뒤에 몸을 숨긴 적도 있었다. 비와 함께 부는 바람과 눈과 함께 부는 바람, 모두가 우리에겐 무서운 바람이었다.

먼바다를 건너는
잠자리 떼

설산 아래를 벗어나며 언제부턴가 나는 떠나올 때부터 세던 날짜를 세지 않게 되었다. 설산을 지나오면서 나도 모르게 얻게 된 깨달음 같은 것이었는지도 모른다. 위험한 고비를 여러 번 겪으면서 조바심을 내지 않고 기다리는 법을 익혔다.

대신 설산을 지나오며 또 하나의 선택에 대해 고민하게 되었다. 지난여름 내가 키운 새끼 앵두가 저를 낳은 어미를 따라간 길을 그대로 따라 아프리카로 갈지 아니면 앵두와는 다른 경로로 갈지 하는 것이었다.

내 머릿속 육분의로 짚어 보면 앵두는 저를 낳은 어미를 따라 설산 아래에서 남서쪽으로 곧장 달려 인도 서해안의 고아까지 날아갔다. 나는 이곳까지 내가 날아온 날은 세지 않기로 했지만 지난가을 앵두가 고아에 도착한 때는 정확하게 짚어 낼 수 있다.

동쪽 마을에서 앵두가 둥지 밖으로 나와 나는 연습을 하다가 내가 보는 앞에서 키이, 키이, 소리를 내며 저를 낳은 어미에게로 날아갔던 게 7월 중순의 일이었다. 그때부터 열흘쯤 스스로 벌레를 잡아먹으며, 또 나는 연습을 하며 날개의 힘을 길렀을 것이다. 아무리 늦게 떠나도 8월 초순에는 동쪽 마을을 떠나야 9월 중순 전에 인도 고아에 닿을 수 있다.

"꼭 기억해라, 앵두야."

"무얼요?"

"너는 처음 가는 길이지만, 9월 중순이 중요한 기점이란다. 앞으로도 이 기점을 잊지 마라."

동쪽 마을을 떠날 때에도, 양쯔강을 건너 샹그릴라를 지날 때에도, 방글라데시를 거쳐 인도 땅으로 들어온 다음에도 앵두를 낳은 어미는 앵두에게 줄곧 그렇게 말했을 것이다.

이들의 여행에 9월 중순은 정말 중요한 기점이다. 그때까지 고아에 와서 충분히 준비를 해야 3천 킬로미터나 되는 인도양을 건너 아프리카로 날아갈 수 있다. 그러니까 고아에는 그보다 더 일찍 미리 도착하는 게 좋다. 거기에 가면 이들을 위한 충분한 먹이가 있다. 그걸 먹으며 먼바다를 건너갈 수 있는 체력과 영양을 비축하면서 9월 중순쯤 시작되는 몬순을 기다려야 한다.

고아에서 바다 건너 아프리카까지는 아무리 날개 힘이 좋은 뻐꾸기라도 혼자 힘만으로 쉬지 않고 3천 킬로미터를 날아갈 수 없다. 9월 중순쯤 인도 서해안에서 시작하는 북동 몬순을 이용해야 한다. 뒤에서 힘껏 등을 밀어 주고 날개를 받쳐 주는 바람을 타야 아프리카까지 쉬지 않고 날아갈 수 있다.

뻐꾸기들만 떠나는 것도 아니다. 인도에서 아프리카로 가는 뻐꾸기들과 함께 여행하는 또 한 무리의 생명이 있다. 수백만 마리의 고추잠자리* 떼이다. 고아에 가면 충분한 먹이가 있다는 것도 이들을 말한다. 이들 고추잠자리도 새들과 함께 인도에서 바다를 건너 아프리카로 이동한다.

파도의 물결을 헤아리듯 앞뒤의 순서를 살피면 9월 중순 인도 서해안에 북동 몬순이 있고, 북동 몬순을 이용해 다음 번 알을 낳을 자리를 찾아 인도에서 바다 건너 아프리카로 가려는 잠자리 떼가 있고, 잠자리 떼가 이동할 때 그들과 함께 이동하는 새들이 있는 것이다.

벌을 키우는 사람들에게는 원수만큼이나 밉상인 오색 깃털의 벌잡이새도 있고, 우리 같은 작은 새와 곤충을 잡아먹고 사는 새호리기[*]도 있고, 날개와 목덜미의 깃털이 아름다운 인도 북서쪽의 롤러 비둘기도 이때쯤 아프리카로 건너간다.

모두 같은 몬순 시간대에 같은 바람을 이용해, 그 바람의 흐름을 가장 잘 탈 수 있는 같은 고도로 새와 잠자리가 함께 섞여 인도양을 건넌다. 새들이 잠자리와 함께 바다를 건너는 것은 이들이 평소에도 곤충과 애벌레를 주로 잡아먹고 사는 새들이기 때문이다. 자신이 가장 좋아하고 또 가장 흔한 먹이와 함께 이동하는 것이다.

앵무도 고아에 미리 도착해 그곳에 잔뜩 몰려와 있는 고추잠자리를 잡아먹으며 바다를 건널 수 있는 몸을 만들고, 그들과 함께 때맞춰 시작되는 북동 몬순의 바람을 타고 밤낮으로 이틀 반 만에 3천 킬로미터의 바다를 건넜다. 몬순의 도움이 아니면 절대 불가능한 거리의 불가능한 비행이다.

앵두가 건널 때 낮의 바다는 몬순의 우기여도 푸르게 빛났을 것이다. 달도 별도 없는 밤의 바다는 깊이를 모를 만큼 검고 무서웠을 것이다. 앵두는 그렇게 잠자리 떼와 함께 인도에서 아프리카로 건너갔다. 도착해서도 자신들의 먹이인 잠자리 떼를 따라 남아프리카로 내려갔을 것이다.*

나는 북동 몬순 시기에 인도 고아에 도착한다 하더라도, 또 몬순의 바람을 이용한다 하더라도 앵두가 건넌 3천 킬로미터의 바다를 건널 수 없다. 아무리 바람이 뒤를 밀어 주어도 중간에 기운이 떨어져 얼마 못 가 그대로 바다에 떨어지고 말 것이다.

빼꾸기들 가운데 여름을 보낸 곳에서 날개의 힘을 제대로 기르지 못해 조금 늦게 떠나거나 중간에 지체해 인도 서해안에 도착하더라도 몬순의 흐름을 놓칠 것 같은 새들은 히말라야산맥 아래에서 곧장 서쪽으로 방향을 틀어 인도와 파키스탄 국경 지역으로 날아간다. 그곳에서 육지 속으로 깊숙이 들어와 있는 페르시아만을 건너고 아라비아반도 남부와 홍해

를 건너 아프리카로 들어간다.※

이 길이 나를 유혹했다. 나는 이 길에서 페르시아만도 폭이 가장 좁은 곳을 이용하고, 홍해도 가장 좁을 곳을 이용하면 어떨까 생각했다. 이 길을 놓치면 그다음엔 몇 배나 먼 거리를 돌아가야 한다. 많은 고민을 했다. 돌아가는 길과 비교하면 정말 매력적인 코스이지만, 그러나 폭이 좁은 바다도 내겐 위험과 모험이 따르는 일이었다.

홍해의 가장 좁은 곳은 한 시간 반쯤 쉬지 않고 날아 건널 수 있을 것 같은데 그보다 먼저 건너야 하는 페르시아만은 가장 좁은 곳도 80킬로미터가 넘어 내 날개로는 두 시간 반 거리였다. 그동안 먼 길을 날아왔어도 중간에 쉬지 않고 단번에 날아 보지 못한 거리였다. 게다가 소금기가 올라오는 바다는 한 번도 경험해 보지 못했다. 여기까지 애쓰며 날아와 무모한 모험으로 이 여행을 중간에서 마칠 수는 없다. 이 여행에서 내 목적은 시간을 단축하는 것이 아니라 어떻게든 앵두를 찾아가 만나는 것이다. 돌아오는 것까지도 생각하지 않고 떠난 여행길이다.

다시금 머릿속 육분의로 또 하나의 길을 찾아보았다. 페르시아만을 건너지 않으면 보다 북쪽으로 올라가 이스라엘과 이집트의 국경을 지나 아프리카로 들어가는 방법이 있다. 아시아의 동쪽 끝에서부터 아프리카까지 순전히 땅 위로만 날아가는 것이다. 그곳에서 다시 길고 긴 아프리카 대륙을 세로로 길게 참외를 쪼개듯 남쪽으로 방향을 잡아 내려가는 수밖에 없다. 바다를 이용한 첫 번째 길이나 두 번째 길과는 비교할 수 없을 만큼 멀리 돌아가지만, 중간에 낯설고 무서운 포식자만 만나지 않는다면 시간이 많이 걸려서 그렇지 가장 안전한 길이다. 그렇게 결정하자 마음도 한결 느긋해져 길 위의 여행자가 아니라 시간의 여행자가 된 기분이었다.

페르시아만 동쪽의 이란과 이라크의 서쪽 땅을 연결해 시리아까지 날아갔다. 아무리 폭이 좁은 곳이라도 바다는 직접 건너지 않고 피했지만, 그 옆을 지나며 여러 바다의 냄새를 구분할 수 있게 되었다.

앵두를 찾아 떠나기 전에는 내가 살던 마을 산 너머에서 불어오는 동해 바다 냄새와 일 년에 몇 번 큰바람이 불어올 때 묻어오는 태평양의 큰 바다 냄새만 맡았다. 그러다 비에

다시금 머릿속 육분의로 또 하나의 길을 찾아보았다.
페르시아만을 건너지 않으면 보다 북쪽으로 올라가
이스라엘과 이집트의 국경을 지나
아프리카로 들어가는 방법이 있다.
아시아의 동쪽 끝에서부터 아프리카까지
순전히 땅 위로만 날아가는 것이다.

젖은 인도양의 냄새와 아라비아해의 냄새를 알게 되고, 이란과 이라크의 서쪽에 군데군데 있는 녹지대를 연결해 시리아 땅까지 날아가는 동안 페르시아만의 냄새를 알게 되었다. 그 바다는 아라비아해와 붙어 있어도 육지 안으로 깊숙이 들어와 먼 대양의 냄새와는 또 다른 느낌이었다.

그리고 시리아에서 레바논을 지나는 동안 맡은 바다 냄새는 이제까지 경험한 조금 거친 듯한 느낌의 바다 냄새와는 달리 매우 안온하며 따뜻한 느낌으로 내 콧속으로 들어왔다. 아프리카와 유럽, 아시아 땅 사이로 깊숙이 들어온 지중해의 냄새였다. 이렇게 긴 여행이 아니라면 맛볼 수 없는 여러 바다에 대한 경험을 바다 위를 날지 않고도 할 수 있다는 게 축복처럼 신기하게 느껴졌다.

그러나 가장 안전하자고 선택한 길인데, 이 길이 나의 여행길 중 가장 위험한 구간이 되었다. 시리아에서 이스라엘을 지나 이집트로 넘어가기까지 그 길 곳곳에 포성이 울리고 내가 보는 앞에서 건물이 무너지며 화염이 치솟기도 했다. 포탄이 직접 내 옆을 스쳐 지나가기도 했고, 어떤 것은 지나가지 않아도 내 심장 안에서 터지듯 굉장한 폭발음을 내기도 했다.

그때마다 사람들이 사는 집이 무너지고 검은 먼지 구름이 하늘로 솟았다.

숲속의 새들은 새가 새를 잡아먹고 사는 맹금류 말고는 서로 종류가 달라도 큰 새도 작은 새도, 검은 새도 붉은 새도 함께 어울려 산다. 참수리와 물수리 사이에, 또 까마귀와 독수리 사이에 가끔 영역 다툼을 하는 경우도 있지만, 산 아래 민가 마당에 가면 닭들에게 뿌려 준 먹이를 다른 새들이 날아와 같이 쪼아 먹어도 서로 쫓거나 위협하거나 밀어내지 않는다. 그럴 때에도 다른 새를 쫓는 것은 사람뿐이다. 우리 새가 보기에 사람들은 거의 한 모습처럼 똑같은데 서로 땅 위에 보이지 않는 금을 긋고 으르렁거리며 포성을 울리고 화염을 터뜨리며 피를 흘리고 싸운다.

그 포성은 아프리카 땅으로 접어들 때까지도 내 귀에 환청으로 계속 들렸다. 정말 얼마나 더 포성이 울리고, 피를 흘려야 그들에게 평화가 오고 안식이 오는지 나 육분이로서는 짐작할 수 없다. 거기를 통과하는 동안 가뜩이나 작은 몸집의 작은 간이 좁쌀만큼이나 작게 오그라들었다.

탕가니카 호수의
빼꾸기메기

아프리카 땅으로 접어든 다음에는 이집트에서 나일강을 따라 남쪽으로 이동했다. 어디에서든 강이 있으면 강줄기를 따라 이동하는 게 나에게는 가장 안전한 길이다. 중간중간 목도 축이고, 강가에 먹이도 풍부하다. 열흘쯤 나일강을 따라 내려오자 사막지대가 끝나고 눈앞에 끝없는 아프리카 초원이 펼쳐졌다. 그동안 위험한 구간도 있었지만, 매일 나는 것에도 잘 적응해 하루 이동 거리도 많이 늘어났다. 더 익숙해진 것은 혼자 하는 여행에 대해서였다. 함께 떠난 길동무가 없어도 누구와 말 한마디 나누지 않고 하는 여행이 아니었다.

내가 날아가고 있는 하늘과 이야기하고,

강과 이야기하고,

나무와 이야기하고,

바람과 이야기하고,

내리는 비와 이야기하고,

달과 별과 이야기하고,

어둠 속에 들려오는 세상의 소리와 이야기하고,

나를 낳아 준 꽁지 짧은 어미 새 콩단, 내가 길러 낸 앵두, 앵두를 함께 키운 지난여름의 용감한 남편 땅꾼, 철학하는 오목눈이와 경험 많은 오목눈이, 그리고 동쪽 마을에서 이곳까지 날아온 나 자신과 끊임없이 이야기하며 날아가는 여행이었다.

때로는 벌레를 잡거나 씨앗 털이를 하는 것조차 잊고 묵묵히 강만 보고 따라가는 날도 있었다. 그런 날은 세상에서 가장 고독한 여행자의 모습 같지만, 또 어느 날은 강물에 반짝이는 햇빛의 비늘을 세고 가노라면 이 세상에서 가장 많은 친구들과 함께 여행하는 느낌이 들기도 했다. 강물에 비친 세상 풍경과 그 옆에 줄지어 서 있는 나무와 풀과 초원의 푸른 빛이 다 나 육분이의 친구였다. 동쪽 마을에서는 경험할 수 없었던 또 하나의 세상을 보는 일이었다.

그 길로 가지 않았다면 탕가니카 호수를 보지 못했을 것이다. 어느 진귀한 친구도 보지 못하고 그냥 지나쳤을 것이다. 호수는 사막이 끝난 지점에서 다시 남쪽으로 똑바로 열흘쯤 날아가는 거리에 있었다. 내가 호수에 도착한 것은 아침부터 내내 맑은 날, 너무도 황홀한 석양 무렵이었다. 끝도 없이 펼쳐진 갈대숲 사이로 흘러드는 어느 강줄기를 따라 날아가다가 처음엔 그것이 내가 방향을 잘못 잡아 마주치게 된 바다인 줄 알았다. 그러나 공기 속에 전해 오는 냄새는 소금기 하나 없는 민물이었다.

푸른 초원에 바다처럼 펼쳐진 호수 저편으로 해가 지고 있었다. 그걸 무어라고 말해야 제대로 표현할 수 있을지. 저토록 장엄한 모습으로 해는 바다와 같은 호수 저편으로 넘어가고 있는데, 석양 속에서 그 풍경을 바라보는 것만으로도 마음 안으로 신의 가호가 깃드는 듯한 느낌이었다. 이 세상이 처음 창조될 때 왜 빛부터 있었는지, 그 빛의 빛깔까지 알 것 같은 마음으로 노을 속에서 한 개의 점보다 작은 오목눈이가 그걸 바라보고 있었다.

"앵두 아버지."

나는 지난여름 함께 앵두를 키웠던 남편을 불렀다.

"당신은 지금 나를 보고 있나요?"

"그래. 당신이 처음 동쪽 마을을 떠날 때도, 설산의 눈보라를 헤칠 때도, 잃었던 길을 다시 찾을 때도, 사람들이 만들어 낸 포연 속을 지날 때에도, 그리고 이곳 호수로 날아올 때도 나는 언제나 당신을 지켜보고 있었어."

앵두 아버지가 함께 여행해 온 새처럼 내 안에서 속삭였다.

너무도 아름다운 호수의 너무도 아름다운 석양이었다.

탕가니카.

세계에서 바이칼 다음으로 깊고, 오래된 호수라고 했다. 호수 너머로 해가 지면서 붉은 노을이 밀려와 초원의 온 세상을 내 머리 깃털처럼 붉은색으로 물들이고 있었다.

"어르신, 이 장엄한 풍경을 어르신도 보셨으면 참 좋았을 텐데요."

나는 다시 동쪽 마을의 철학하는 오목눈이를 불렀다.

“고맙네, 육분이. 우수리강가에 내 깃털을 놓아 준 것도 잊지 않고 있다네.”

“꼭 돌아가서 어르신한테 이 풍경을 이야기할 수 있었으면 좋겠어요.”

나는 비로소 이 여행에서 처음 온 곳으로 돌아가는 것까지를 생각했다. 나의 작은 눈으로 보기에도 저 신비한 세계 너머에 또 다른 한 세상이 존재할 것 같은 마음이었다. 그러나 그것이 무엇인지, 어떤 세상인지는 짐작할 수 없었다. 나는 지는 노을 속에 내가 떠올릴 수 있는 이 세상 모든 새들의 이름으로 저 빛을 경배하며, 그들에게 자연의 가호가 깃들길 기도했다. 그리고 이곳까지 나를 부른 앵두에게 감사했다.

그날 나는 하늘과 호수가 함께 바라보이는 나뭇가지에 내 잠자리를 마련했다. 밤새 마음이 먹먹해 잠이 오지 않았다. 하늘을 쳐다보니 샹그릴라에서도 그랬듯 온 세상의 별들이 다 이곳에 모여 있는 듯했다. 이곳은 적도 남쪽이라 오리온자리가 동쪽 마을에서 늘 보던 것과 달리 아래위가 거꾸로 보였다. 그 옆을 지키고 있는 큰개자리의 중심별이 유난히 밝게 빛났다. 저 별이 내가 바라보는 하늘 아래쪽에 있는 걸 보니 내가 떠나온 동쪽 마을은 지금 꽁꽁 얼어붙은 한겨울일 듯 싶었다. 내 별자리인 육분의자리는 반대편으로 숨어 보이지 않았다. 그 별자리까지 그리운 밤이었다.

밤새 쏟아지는 별을 보다가 늦게 잤는데도 일찍 일어났다. 지난밤 그곳에서 나 혼자 잠든 줄 알았는데 아침에 일어나니 등의 깃털은 물총새처럼 파랗게 빛나고, 가슴과 배의 깃털은 고동색을 띠는 새 몇 마리가 나보다 먼저 일어나 노래하듯 부드럽고 경쾌한 소리로 아침 인사를 하듯 지저귀었다. 꼭 동쪽 마을의 찌르레기 소리 같기도 했다.

이젠 소리를 들으면 새의 성격도 어느 정도 파악할 수 있었다. 그것도 여행 동안에 한 공부였다. 몸집은 우리 오목눈이보다 조금 커도 성격은 퍽 온순해 보이는 새였다. 온순하지 않다면 벌써 다가와 나를 쪼아 쫓아냈을 것이다. 어느 곳에 사는 새든, 또 크기와 관계없이 다른 새와 잘 어울리는 새가 있고, 자기들만 유난을 떠는 새가 있었다.

나에게 먼저 날아와 아는 척을 한 것도 그들 중의 하나였다.

"너는 우리가 못 보던 새구나. 어디서 왔니?"

아마도 그는 우리 오목눈이 가운데 호기심 많고 인정 많은 부들이와 같은 새인 모양이었다. 내 머릿속 육분의도 그때 바다까지 데려가 준 부들이가 마련해 준 것이나 다름없었다.

"아주 먼 동쪽 마을에서 왔단다. 이름은 붉은머리오목눈이고."

"머리가 그다지 붉어 보이지 않은데?"

"그건 내가 오래 여행을 해 깃털이 윤기를 잃어서 그럴 거야. 여기까지 100일을 날아왔거든."

"우와. 어디서 왔는지는 모르지만 정말 놀랍구나. 우리는 이곳을 떠나지 않고 사는 붉은배찌르레기야."

서로 모습은 딴판이어도 붉은 머리와 붉은 배, 이름 앞에 둘 다 똑같이 '붉은'이 들어간 것도 친근하게 느껴졌다.

"어쩐지 목소리가 우리 마을 찌르레기와 비슷하다고 생각했단다. 우리 동쪽 마을의 찌르레기도 너희처럼 늘 밝고 고운 소리로 울거든."

그들과 이야기하며 아침 햇살에 빛나는 넓고 푸른 호수를 다시 바라보았다. 물가로 흰 파도까지 밀려오는 것이 어제 해

질 녘의 모습보다 더 바다 같아 보였다.

"호수라지만 정말 끝도 없이 넓구나."

"넓기만 한 게 아니라 웬만한 바다보다 깊어. 가장 깊은 곳은 1,400미터나 된단다."

"그렇게나?"

나는 1,400미터 공중에는 어떤 바람이 부는지 알지 못한다. 날개가 있고, 하늘을 나는 새인데도 이제까지 나는 땅에서 그만큼 올라가 보지 못했다. 앵두가 인도 고아에서 아프리카로 타고 온 북동 몬순의 고도 1,400미터에 대해서는 그곳의 기류가 어떤지 더더욱 알 수 없다. 마찬가지로 이 호수 속 1,400미터 아래에 어떤 세계가 펼쳐져 있는지 알 수 없다. 햇빛에 반짝이는 푸른 물 빛깔과 함께 그저 모든 것이 신비로울 뿐이다.

"그런데 어떻게 여기까지 왔니?"

다시 호기심 많은 붉은배찌르레기가 물었다.

"꼭 만나 봐야 할 새가 있단다."

나는 붉은배찌르레기들에게 지난여름 찔레나무에 만든 우리 오목눈이 둥지에 와서 몰래 알을 낳고 간 뻐꾸기와 나와 남편이 그 알을 품어 키운 뻐꾸기 새끼에 대해서 말했다.

"믿어지지 않아."

그들은 내가 이 작은 몸으로 뻐꾸기 알을 부화시키고, 또 스무 날도 넘게 내 몸의 열 배도 넘는 뻐꾸기 새끼에게 먹이를 잡아 먹였다는 걸 이해할 수 없어 했다.

"그래도 사실인걸."

"그 뻐꾸기 새끼가 지금 어디에 있는지는 알고 찾아왔니?"

"그건 내 머릿속 육분의로 그 아이가 간 길을 찾을 수 있거든. 여기에서 닷새쯤만 더 남쪽으로 가면 그 아이를 찾을 수 있을 것 같아. 그냥 내가 사는 동쪽 마을에서 다음 여름이 오기를 기다릴 수 없어 여기까지 날아온 거란다."

뻐꾸기가 살고 있는 아프리카의 새들은 다른 새 둥지에 몰래 알을 낳아 맡기는 탁란에 대해서 오히려 잘 모르는 것 같았다. 날이 더워지면 어디론가 멀리 떠나는 새들이 있긴 하지만 그건 그냥 무더운 여름을 덜 무더운 곳에 가서 보내기 위한 것인 줄 알았다고 했다.

"어쩌면 그럴 수가 있을까?"

"우리 새들 사이에도 그런 일이 있구나."

젊은 붉은배찌르레기들이 말했다. 그러자 무리 가운데 가장 나이 들어 보이는 찌르레기가 몇 걸음 앞으로 나섰다. 동쪽 마을의 경험 많은 오목눈이나 철학하는 오목눈이만큼 노숙함이 몸짓에 배어 있었다.

"꼭 그렇지는 않단다. 너희가 잘 몰라서 그렇지 그냥 이곳에서 바다를 건너지 않고 있다가 베짜는새* 둥지에 몰래 들어가 알을 낳는 뻐꾸기들도 있단다. 그렇지만 거기야말로 수십 마리 수백 마리의 베짜는새가 공동생활을 하듯 모여 둥지를 지으니 대개 실패하고 말지. 게다가 그 새는 출입구를 아래쪽에 만드니 잘 들어갈 수도 없고."

그래서 더 기를 쓰고 먼 유럽으로 가거나 그보다 더 먼 동쪽 나라 동쪽 마을까지 오는 것인지도 몰랐다.

"이름이 붉은머리오목눈이라고 했니?"

다시 나이 들어 보이는 찌르레기가 나를 불렀다.

"예. 어머니가 지어 준 제 이름은 육분이구요."

"그래, 육분이. 여기 탕가니카 호수에도 너희 오목눈이 같은 고기가 있고, 뻐꾸기 같은 고기가 있다네."

"우리 오목눈이 같은 고기라니요?"

"탕가니카 호수는 넓기도 하지만 민물 호수 중에서 가장 길거든. 그래서 여러 곳에서 물이 흘러 들어오고, 그 물줄기를 따라 많은 종류의 물고기들이 들어와 살지. 하마와 악어와 같은 큰 동물도 들어와 살고. 저길 보아라."

나이 든 붉은배찌르레기가 부리로 가리키는 곳에 몇 마리의 하마가 물 위에 떠 있는 것이 보였다. 그 모습이 마치 있을 곳을 잘못 찾아 바다에 와서 수영하는 하마들처럼 조금은 우스꽝스럽게 보였다.

"여기에 사는 많은 종류의 물고기 중에 시클리드라는 조그만 고기가 있어. 흔하기도 하지만 빛깔도 곱고 사는 모습도 까탈스럽지 않아 아주 여러 나라에 어항 속 물고기로 팔려 나가지. 아마 육분이가 온 동네에도 이 시클리드를 어항 속에 키우는 사람들이 제법 많을 거야."

"정말 멀리도 옮기는군요."

"저들은 좋아서라고 하지만, 사람이 성화를 부리면 어떤 생명도 배겨 내기 어렵지."

"우리도 어쩌다 민가 가까이 둥지를 짓기도 하지만, 모른 척하고 그냥 내버려 둘 때가 제일 고맙지요."

"이 시클리드는 알을 입안에 넣고 키우는데*, 시클리드의 이런 습성을 이용해 자기 새끼를 맡기는 고기가 있다네."

"어떻게요?"

"시노돈티스라는 작은 메기 종류의 고기야. 이놈들은 시클리드가 알을 낳아 입에 물 때 그 앞에서 재빨리 암놈이 알을 낳고 수놈이 수정시켜 놓고 도망가지. 그런데 시클리드 알보다 메기 알이 탐스럽게 생겼거든."

거기까지 얘기를 듣자 나는 세 번이나 뻐꾸기 알을 받아 부화시켰던 지난 시절의 일이 떠올랐다. '이건 내가 낳은 알이야. 봐. 알 색깔이 파랗잖아. 몸이 작아도 나도 이렇게 큰 알을 낳을 수 있다고.' 그러기 전 한 차례 뻐꾸기 어미가 정신을 빼놓기는 했지만, 우리 둥지에 낳고 간 뻐꾸기 알을 보고 나는 그렇게 생각했다.

"오목눈이 고기가 자기 알보다 잘생기고 탐스러운 메기 알을 입안에 넣는군요."

나는 내가 시클리드인 것처럼 고백하듯 말했다.

"그런 셈인데, 그게 비극의 시작인 거지. 똑같이 입안에 있어도 시클리드 알보다 메기 알이 먼저 부화한다네. 그러면 메기 새끼들이 시클리드 입안에서 시클리드 알과 뒤늦게 부화한 새끼들을 잡아먹으면서 성장하지."

"저런……."

그것 역시 내가 뻐꾸기 알을 품는 동안 스스로 지켜보며 겪은 과정이었다. 우리 오목눈이 알보다 뻐꾸기 알이 먼저 부화했고, 알에서 나온 뻐꾸기 새끼가 남편과 내가 보는 앞에서 아직 부화하지 못한 우리 오목눈이의 알을 기를 쓰고 둥지 밖으로 밀어내 버렸다. 이상하게도 그때 우리는 새끼 뻐꾸기가 펼치는 마법에라도 걸린 듯 그 모습을 멀뚱히 지켜보기만 했다.

"그래도 자기 새끼와 메기 새끼가 다를 텐데, 그걸 구분하지 못하나요?"

"그러니 자연의 조화인 거지. 그렇잖으면 시노돈티스 새끼는 이 세상에 태어날 수 없으니까. 시클리드는 제 새끼를 잡아먹는 남의 새끼를 입안에 넣었다 풀었다 하면서도 내 새끼는 왜 나와 모습이 다를까 전혀 생각하지 못하는 거야."

단지 물속과 물 밖의 차이지, 내 얘기를 그대로 다시 듣는 것 같아 나는 아무 말도 할 수 없었다.

"그래서 시노돈티스를 다들 뻐꾸기메기라고 부른다네. 둘 다 수면 가까이 사는 고기라 육분이도 보려고 하면 얼마든지 볼 수 있지."

그 말을 듣자 동쪽 마을 냇가의 한 물고기가 떠올랐다. 작고 가는 감돌고기*였다. 감돌고기는 겉모습부터 무섭게 생긴 꺽지가 바위틈을 청소하고 산란장을 만들면 죽음을 무릅쓰고 거기에 들어가서 알을 낳아 수정시키고는 도망쳐 나온다. 그러다가 꺽지에게 물려 죽기도 하지만 감돌고기로서도 다른 고기들이 제 알을 잡아먹지 못하게 하기 위해서 그런 모험을 하지 않을 수 없다. 꺽지의 산란장에 무사히 알을 낳고 수정시키고 나면 수컷 꺽지가 자기 알과 감돌고기 알에 지느러미로 열심히 산소를 공급해 주며 정성을 다해 부화시킨다. 그렇지만 여기 탕가니카 호수의 뻐꾸기메기처럼 감돌고기 새끼가 꺽지 알과 꺽지 새끼를 잡아먹지는 않는다. 힘센 수컷 꺽지가 다른 포식자로부터 제 알과 함께 감돌고기의 알을 지켜주는 정도이다. 꺽지 알보다 먼저 부화한 감돌고기 새끼는 바로 그곳을 떠난다. 그대로 있다가는 꺽지의 밥이 되고 말기 때문이다.

"어떤 물고기인지 보고 가지 않을래?"

호기심 많은 붉은배찌르레기가 말했다.

"아니. 그냥 갈게."

나로서는 이제 곧 내 둥지에서 자란 뻐꾸기 새끼 앵두를 만나게 되는데 차마 오목눈이 같은 시클리드가 뻐꾸기메기의 알과 새끼를 입에 물고 있는 모습을 바라볼 수 없었다. 그걸 보면 여기까지 날아오는 동안 원망 같은 건 다 잊어버리고 오직 그리움만 남아 있는 앵두에 대한 생각이 아주 조금이라도 달라질지 모른다. 앵두에 대한 내 생각엔 어떤 옅은 구름도 끼어서는 안 된다.

그곳 탕가니카 호수를 떠나며 나는 그냥 수면 위로 낮게 날며 우리 오목눈이 고기인 시클리드와 뻐꾸기메기의 모습만 보았다.

오라, 우리 오목눈이 고기는 저렇게 생기고, 뻐꾸기메기는 또 저렇게 생겼구나. 그런데도 한 호수 안에 저렇게 어울려 살아가고 있구나. 그러고 보면 포연 속에 서로 땅을 다투고 목숨을 다투는 사람들만 모르는 일 같았다. 나 육분이 역시 면 여행을 떠나지 않았으면 몰랐을 일이었다.

내 딸을 위한 약속

나는 탕가니카 호수에서 앵두가 있는 잠비아와 짐바브웨 국경 부근까지 5일을 날아갔다. 그곳 도마 사파리 구역에 앵두가 살고 있다. 앵두를 만나기 전날 밤 나는 밤하늘에 거꾸로 매달린 것처럼 보이는 큰개자리의 큰 별을 가운데 놓고, 또 적도 남쪽에서만 보이는 큰부리새의 으뜸별을 측정별로 삼아 내 머릿속 육분의로 내가 있는 곳의 위치를 계산해 보았다. 동쪽 마을로부터 직선거리로는 1만 2천 킬로미터였고, 앵두가 날아온 길로는 1만 4천 킬로미터, 내가 날아온 길로 계산하면 1만 9천 킬로미터가 되는 거리였다. 날수로는 100일 하고도 7일이었다.

아마도 지구상에 이만한 거리를 이렇게 많은 날 쉬지 않고 날아간 큰 새도 작은 새도 없을 것이다. 정말 많은 생각이 머리 위의 뭇별처럼 흘러가는 밤이었다.

이렇게 대책 없이 머릿속 육분의 하나만 믿고 먼 여행을 떠나온 만큼 여기까지 오는 동안 목숨을 잃을 뻔한 위험한 일들이 왜 없었겠는가. 설산에서도 그랬고, 갑자기 나타난 사막에서 모래 돌풍을 만났을 때에도 그랬다. 샹그릴라에서 자비로운 독수리를 만난 것 말고는 따로 무서운 새들의 공격을 받은 적은 없지만, 온 길 모두 안전한 여행길은 아니었다. 그중에서도 우리 새들의 삶과는 가장 상관없을 듯한 사람들이 가장 나를 무섭게 했다.

오랜 비행에 지친 날도 많았다. 낯선 땅에서 낯선 씨앗을 잘못 먹어 죽을 만큼 기운을 잃거나 매일 쌓인 피로로 다음 날 아침 날개를 퍼덕일 힘조차 없을 때도 있었다. 그러나 길 위에서 느끼는 가장 큰 좌절감은 그런 것이 아니었다. 눈보라와 모래 돌풍으로 앞으로 나갈 방향이 전혀 보이지 않을 때도 아니었다. 몸이 아프거나 아프지 않거나, 혼자 날아가는 여행이 외롭거나 외롭지 않거나 그런 것과 상관없이 길 위에서 문득문득 느껴지는 좌절감이 있었다.

그것은 어떤 험난한 코스나 내 몸 어디에 문제가 있어서 느끼는 좌절감이 아니라 오랜 여행길 자체가 주는 좌절감이었다. 이미 떠나온 길이 멀어 돌아갈 수도 없고, 앞으로 나가야 할 길 역시 온 길 만큼이나 멀고 막막하게 느껴질 때 엄습해오는 좌절감은 끝도 없는 먼 길을 날아 그런 기분을 경험하지 않은 새들은 모를 것이다. 그런 날 혼자 보내는 밤이면 더욱 그랬다. 우주에 나 홀로 떨어져 있는 느낌이었다. 지금처럼 많은 생각이 별처럼 흘러가는 밤이면 더욱 그랬다.

떠나올 때는 앵두를 만나면, 반가운 것도 반가운 것이지만 앵두를 낳은 어미를 볼 수 있다면 꼭 물어보고 싶은 말이 있었다.

봄에 찾아와 가을에 떠나는 다른 철새들을 예로 들어 말하려고 했다. 휘파람새도 그렇고 제비도 그렇고, 다들 철새로 와서도 부부가 함께 둥지를 짓고 가을에 떠날 때까지 두 번이나 새끼를 낳아 기른다. 빼꾸기는 오자마자 남의 둥지에 침범해 알을 낳아 맡기고, 요행히 새끼가 부화해 자라면 나중에 와서 꾀어내 데려가는 것 말고는 도대체 어미로서 하는 일이 무어냐고 따져 묻고 싶었다.

봄에 와 가을에 떠나는 쏙독새도 당신 빼꾸기들처럼 둥지를 지을 줄 모른다. 둥지를 지을 줄 모르면 모르는 대로 알이 굴러다니지 않게 움푹한 땅에 알을 낳아 품는다. 왜 그렇게라도 하지 못하는 거냐고 묻고 싶었다.

그러나 날아오면서 샹그릴라를 지나고, 설산 아래의 인도를 지나고, 바다를 바로 건너지 못해 먼 길을 돌아 아프리카로 들어가 다시 남쪽으로 방향을 틀 때쯤 앵두를 만나도, 또 앵두를 낳은 어미 빼꾸기를 만나도 그 말은 묻지 않기로 했다.

내가 이렇게나 먼 거리를 날아보니 저들의 사정을 짐작할 수 있을 것 같았다. 같은 철새라도 애초 저들은 더위를 피하거나 추위를 피해 동쪽 마을로 온 새가 아니었다. 와서 보니 저들이 먹을 것은 이곳이 더 흔했다. 아프리카에서 인도로 비를 몰고 이동하는 남서 몬순과, 인도에서 아프리카로 이동하는 북동 몬순에 맞춰 움직이는 잠자리 떼만 쫓아다녀도 평생

살 곳과 먹을 것을 걱정하지 않아도 되는 새들이었다. 그들이 큰 바다와 대륙을 지나 동쪽 끝 마을로 오는 것은 오직 새끼를 낳아 데려가려는 목적 말고는 아무것도 없었다.

와서도 오래 머물지 않았다. 봄이 가고 여름이 시작될 때 여름 철새 중에서는 가장 늦게 날아와 하루에 하나씩 보름 정도 온 숲을 돌아다니며 남의 둥지에 알을 낳고, 어쩌다 운 좋게 그중에 한두 알에서 새끼가 나와서 자라고, 그 새끼를 데리고 다시 아프리카로 떠날 때까지 길어 봐야 두 달 반이었다. 여름 철새 중에 가장 늦게 올 뿐 아니라 그냥 지나가는 나그네새들을 빼면 가장 일찍 떠나는 새이기도 했다.

나야 애초 멀리 날아다니는 새가 아니라서 여기까지 오는 데 100일 하고도 7일이 걸렸지만, 날개 힘이 좋은 저들도 아프리카에서 동쪽 마을까지 날아오는 데 한 달 반이나 걸린다. 와서도 오래 머물지 않고 남이 키운 새끼를 데리고 또 그만큼의 거리를 날아간다.

한 달 반 힘들게 날아와서 직접 둥지를 짓는 일부터 하고, 하루 하나씩 대여섯 개의 알을 낳고, 열이틀 동안 꼼짝도 않고 품어서 새끼를 부화시키고, 다시 스무닷새 동안 저는 하나도 먹지 못해 배가 등에 달라붙어도 쉬지 않고 벌레를 잡아 새끼들을 먹여 키우고, 나는 연습과 사냥 훈련을 시키고, 어른 뻐꾸기를 만들어 다시 한 달 반 넘게 아프리카로 날아가야 하는데 그 일을 다 하다 보면 떠나기도 전에 어미 뻐꾸기는 기진맥진 기운이 다 빠져 정작 떠나야 할 때는 떠날 수가 없을 것이다.

남의 둥지에 알을 낳는 일까지만 하고, 자식을 품어 기르는 건 남의 수고에 맡기고, 저는 다시 그 새끼를 데리고 먼 거리를 날아 애초 떠나왔던 곳으로 돌아갈 몸을 만드는 일에 충실하지 않으면 아프리카로 되돌아갈 수가 없을 것이다.

앵두를 낳은 어미가 내게 그 말을 한다면 아이를 낳아서 맡긴 어미가 기른 어미에게 구구절절 핑계를 대는 것처럼 들릴지 모른다. 사정을 짐작한 내가 그런 난처한 말을 묻지 않는 게 서로 좋을 것이다.

다음 날 나는 앵두를 만나기 위해 사파리 숲 가시나무로 갔다. 그 나무는 사파리 길목에 서 있지는 않아도 누군가를 부르기 좋은 장소에, 또 서로 약속하기 좋은 곳에 서 있었다.

어제저녁에 도착해 미리 보아 둔 나무였다. 나는 가시나무의 서쪽 가지 위에 앉아 지난여름 어린 앵두에게 그랬던 것처럼 삐이, 삐이, 하고 신호를 보냈다. 다른 새는 못 알아들어도 숲 속의 앵두는 먼 곳에서도 들을 수 있을 것이다.

네가 처음 알을 깨고 나왔을 때
우리 이렇게 인사했지(삐이, 삐이).
너의 새빨간 입속을 보고
앵두라고 이름 지어 줄 때(삐이, 삐이),
쉴 틈 없이 먹이를 잡아
네 입속에 넣어 줄 때(삐이, 삐이),
네가 앉아 있는 둥지로
누룩뱀이 찾아왔을 때(삐이, 삐이),
몸집이 둥지보다 더 커진 너를
둥지 밖으로 불러낼 때(삐이, 삐이),
앵두야, 이 가지로 옮겨 봐라, 저 가지로 옮겨 봐라, 하고
나는 연습을 시킬 때(삐이, 삐이),
네 아버지와 함께 너를 나뭇가지 위에서 땅으로 데리고

내려가 흙 속에서 먹이를 찾는 법을 알려 줄 때(삐이, 삐이),
그리고 네가 내 앞에서 키이, 키이, 하고
암컷 뻐꾸기 소리를 내며 하늘로 날아오를 때
이 어미는 저걸 어쩌냐고 삐이! 삐이! 하고 비명을 질렀지.

가시나무 서쪽 가지에 앉아 지난여름의 일들을 하나하나 떠올리며 차례로 소리 내어 앵두를 불렀다.

앵두야, 엄마가 왔다.

널 보러 엄마가 왔다.

이곳까지 동쪽 마을의 엄마가 왔어.

그렇게 반나절 앵두를 부르고 나자 내 목은 마르고 쉬었다.

그래도 나는 쉬지 않고 앵두를 불렀다.

그러길 얼마나 더 했을까. 드디어 앵두가 땀에 젖은 날개로 내가 앉은 가시나무로 찾아왔다.

"엄마!"

나는 대답도 하지 못하고 앵두를 바라봤다. 그동안 더 의젓하게 자라 있었다. 그건 깃털만 봐도 알 수 있었다. 앵두의 눈에 내 행색은 반대였을 것이다. 지난여름 가장 무덥던 날 헤어지고 다섯 달이 더 지나서였다. 동쪽 마을 같으면 동지가 지나고 이곳은 하지가 지나 해까지 바뀐 다음이었다. 한바탕 눈물이라도 쏟아야 하는데 우리는 둘 다 그러지 않았다.

"엄마가 아닌 줄 알았어. 여기까지 올 리가 없다고 생각했어. 목소리를 듣고 또 들으니 엄마였어."

"그동안 몸이 더 좋아졌구나. 잘 지냈니?"

"응. 엄마는?"

"너 떠난 다음 잘 못 지내니 이렇게 찾아왔지. 지난여름 그렇게 떠나 어디로 갔는지도 궁금하고, 또 이곳에서는 어떻게 지내는지도 궁금하고."

"아버지는?"

"아버지도 널 걱정하는 거 말고는 잘 지내신다."

이곳까지 와서 네가 떠난 다음 인사도 없이 떠난 널 생각하다가 예전의 그 누룩뱀에게 잘못되었다고 차마 말할 수 없었다.

"아버지한테 인사를 하지 못하고 온 게 늘 마음에 걸렸어."

"왜 그렇게 급히 떠났니?"

"나도 모르겠어. 그때는 내 마음이 아닌 다른 무엇이 나에게 그렇게 시키는 것 같았어."

"여기 오니 좋니?"

"그건 잘 모르겠어. 처음엔 바다를 건너 여기보다 더 남쪽으로 내려갔어. 그리고 잠자리 떼를 따라 이만큼 올라온 거야. 나는 아직 경험하지 못했는데, 조금씩 조금씩 더 북쪽으로 올라가다 보면 처음 바다를 건넜던 자리에서 다시 바람을 타고 동쪽으로 바다를 건너게 된대. 그런 다음 여름이 오기 전 엄마가 있는 곳으로 가게 되고."

"참, 널 낳은 어머니는 잘 계시니?"

"……."

앵두는 대답하지 않았다.

"잘 계셔?"

나는 다시 물었다.

"아니."

한참 만에야 앵두가 대답했다.

"아니면?"

"인도 고아까지 올 때는 어머니가 길잡이로 앞에서 날고 내가 뒤에서 날았어. 그때는 낮에만 날고 밤에는 쉬었어. 고아에서 바다를 건널 때는 내가 앞에서 날고 어머니가 날 지켜 주듯 뒤에서 날았어. 비를 몰고 가는 바람을 타고 낮도 밤도 없이 이틀 반을 날아 소말리아 동쪽 해변에 왔는데 도착하니 어머니가 없었어. 경험이 있었으면 뒤를 돌아보고 챙겼을 텐데 처음으로 오래 바다를 건너는 거라 어디에서 그랬는지 모르겠어."

"……."

"우리 뻐꾸기의 많은 목숨이 그렇게 바다에서 사라진다고 했어. 여러 번 바다를 건넌 어른들이 말했어."

동쪽 마을에 왔을 때 우리 둥지에 알만 낳은 다음 그것을 품지도 키우지도 않고, 그냥 돌아오기 위한 몸만 만드는데도 그랬다.

"너는 괜찮아?"

"나는 이제 시작이니까 괜찮지. 어머니는 그 바다를 스무 번도 넘게 건넌 뻐꾸기였어."

"거기 말고 북쪽에 바다 거리가 더 짧은 데도 있다는데……."

"어머니는 몸도 안 좋은데 내게 더 많은 잠자리가 건너는 길을 가르쳐 주고 싶어 했어."

"그게 어머니의 마음이었겠지."

"그것도 바다를 건너고 나서야 알았어. 어머니가 그랬다는 걸."

알을 품든 품지 않든 어미는 다 같다.

그들의 희생은 다 숭고하다.

나는 짧게 앵두 생모의 명복을 빌었다.

"너도 늘 조심해."

"응."

"바다에서도 땅에서도 문제는 속도가 아니라 방향이야. 그걸 제일 중요하게 여겨. 그것만 지키면 안전하니까."

"아, 엄마……."

"이 말을 해 줘야 했는데, 하기 전에 네가 날아갔어. 너처럼 먼 거리를 오가는 새들은 더욱 그렇지."

"엄마가 정말 중요한 걸 내게 가르쳐 주시네. 어머니도 보다 많은 잠자리들이 빠르게 날아가는 길보다 방향에 대해 더 소중하게 생각했더라면 좋았을걸."

"어머니는 어머니대로 널 위해 큰 결정을 하셨던 거야."

"엄마, 잠깐만 있어 봐."

앵두는 나를 두고 잠시 숲 쪽으로 날아갔다가 돌아왔다. 입에는 한가득 잠자리와 메뚜기가 물려 있었다. 앵두는 내가 통째로 삼키기엔 너무 큰 메뚜기의 몸을 먹기 좋게 잘라 주었다.

"엄마."

"왜."

"이렇게 와 줘서 고마워. 지금 해 준 말도 너무 고맙고."

"나도 이렇게 자라 준 네가 고맙지."

"엄마가 오니 참 좋네. 이렇게 엄마가 먹을 먹이도 내가 잡아 오고."

"나도 널 보니 참 좋구나. 그리움이 밀려 산 같고 바다 같았는데."

"엄마, 이제 가지 말고 여기서 나하고 살아. 내가 늘 이렇게 먹이를 잡아 줄게."

"그러다 네가 다시 바다를 건널 때는?"

"그럼 그때 나하고 같이 건너. 내가 엄마를 등에 업고."

"컸구나. 그렇게 말할 줄도 알고."

"엄마가 키워 주셨으니까 그렇지."

"그런데 엄마는 이제 우리 앵두를 보았으니 마음 놓고 내일 아침 돌아가야 해."

"왜?"

"가서 해야 할 일이 있어."

"무슨 일?"

"아주 중요한 일이야."

"다 해 놓고 오지 그랬어."

"그럴 수 없는 일이야. 여기 와서 생각한 일이니까. 처음 올 때는 돌아가는 것도 생각하지 않고 오직 널 보는 것만 목적으로 왔어."

"무슨 일인데 그래?"

"그건 내일 아침에 얘기하자."

"그럼 더 있다가 돌아가. 이렇게 힘들게 왔는데 나하고 더 있다가."

"그럴 수 없는 일이어서 그래. 지금 돌아가야 할 수 있는 일이어서."

앵두와 함께 도마 사파리 숲에서 밤을 보냈다. 날이 맑아 별이 다 보여서 좋았다. 나는 앵두에게 앵두 머리 위에 있는 몇 개의 별자리를 알려 주었다. 엄마가 온 동쪽 마을의 북두칠성만큼이나 유명한 남십자성이야 가르쳐 주지 않아도 알 거고, 엄마 이름과 비슷한 팔분의자리는 육분의자리만큼이나 별들이 작고 존재감이 없어 앵두도, 앵두와 함께 있는 뻐꾸기들도 잘 모를 것이다.

"엄마 이름이 육분이인 것은 잘 알지?"

"응."

"북쪽 하늘엔 육분의자리라는 게 있단다. 엄마가 태어났을 때 할머니가 둥지 밖으로 바라보니 저녁 하늘에 크고 사나운 사자자리와 뱀자리의 별은 보이지 않고 그 사이에 끼어 있는 작은 육분의자리만 홀로 빛나 엄마 이름을 그렇게 지었단다."

"들었어. 엄마가 내 이름을 앵두라고 지어 줄 때."

"여기 남쪽 하늘에는 북쪽 하늘의 육분의보다 각도가 더 좁은 팔분의자리라는 게 있어. 바로 저 별이란다. 그 옆에 있는 것은 큰부리새자리이고."

"그럼 저 별이 내 별이야."

"그래. 네 별이어도 좋지. 너는 육분이의 딸이니까."

"엄마가 가면, 또 엄마 생각이 나면 저 별을 보고 엄마를 생각할게. 나는 육분이 엄마 딸이니까."

"그리고 저 별을 볼 때마다 네가 날아가는 속도보다 늘 바른 방향을 먼저 생각하는 거야."

아침이 밝고 이제 다시 이별할 시간이 왔다.

"엄마, 지금 꼭 돌아가야 해?"

옆으로 나란히 앉은 앵두가 큰 머리를 내 몸에 기대며 물었다.

"그래. 더 늦으면 안 되는 일이야."

"어젯밤 곰곰이 생각해 봤는데, 엄마 지금 가지 말고 봄이 되면 나하고 함께 돌아가."

막상 떠난다니까 앵두가 떼를 쓰듯 말했다.

"어떻게 말이냐?"

"엄마가 내 등에 앉으면 내가 엄마를 업고 날아가는 거야. 그러면 대륙을 돌지 않고 바로 바다 위를 날 수가 있어. 엄마가 내 등에 앉아 나를 꼭 붙잡으면 돼. 부리로 내 목 깃털을 꽉 물면.”

“그래, 그럴 수도 있겠구나. 그렇지만 오래 날면 네가 나 때문에 힘들지.”

“안 힘들어.”

“처음엔 힘들지 않아도 점점 시간이 가면 엄마가 너에게 짐이 되고 말 거야.”

“아니야. 그렇지 않아. 나는 바다를 한 번밖에 안 건넌 아주 힘센 빼꾸기라고.”

“그래, 엄마를 위해 이렇게 말하는 우리 앵두 말이 참 고맙지. 그렇지만 엄마가 동쪽 나라로 가서 해야 할 일은 봄에 너하고 같이 가서 하면 늦는 일이야.”

“말해 줘. 엄마가 돌아가서 해야 할 일이 무엇인지.”

“지금 돌아가도 엄마는 봄의 한중간이나 되어야 동쪽 마을에 도착해. 그래도 봄생의 새끼는 늦어서 가질 수가 없어. 여름생 새끼부터 준비를 해야지.”

“그러니까 나하고 같이 가자고.”

“앵두야.”

“응.”

"엄마도 너하고 같이 가면 좋지만 그래서는 안 될 일이 있어."

"뭐가 안 된다는 거야? 나하고 같이 가면 엄마도 편한데."

"알아, 우리 앵두 마음. 그렇지만 엄마가 하는 말 잘 들어. 엄마는 지금 돌아가도 오랜 여행에 지친 몸을 다시 오목눈이 엄마의 몸으로 만들어야 해. 그렇게 몸부터 튼튼히 해야 여름생 새끼를 기를 수 있어. 그런데 여기서 봄에 너하고 같이 가면 동쪽 나라는 이미 여름이 되어서 여름생 새끼를 낳고 기를 준비를 할 수가 없어."

그제야 앵두가 내 말을 이해하는 것 같았다.

나는 나보다 몸집이 스무 배도 더 큰 앵두의 어깨를 토닥여 주었다.

"앵두야."

"응."

"엄마가 먼저 가서, 여름생 새끼를 기를 몸을 만들고, 둥지도 튼튼하게 잘 지어 놓고 기다리고 있을 테니까 앵두도 다른 오목눈이 둥지로 가지 말고 꼭 엄마 둥지로 날아와. 엄마가 네가 낳은 알을 품어 줄 테니까."

“정말 그래서 일찍 떠나야 하는 거야?”

“그래. 그러자면 서둘러야 해. 엄마는 하루에 많이 날지도 못하고 또 많이 돌아가야 하니까.”

“엄마…….”

“울지 마. 어른 새는 우는 게 아니야. 네가 울면 엄마 못 떠나.”

“안 울어.”

“그럼 엄마는 뒤돌아보지 않고 그냥 바로 날아간다.”

지난여름 앵두가 내 곁을 떠날 때처럼 나도 그렇게 앵두 곁을 떠나 하늘을 날아올랐다. 내 눈에도 참았던 눈물이 흘렀다. 온 길만큼 가는 길도 멀다. 아프리카에서 내가 떠나온 동쪽 마을까지. 먼저 가서 앵두를 기다려야 한다.

다시 긴 여행이 시작되었다.

나는 지구를 오가는 빼꾸기의 어미 새 붉은머리오목눈이고, 이름은 육분이다. 언제나 중요한 건 속도가 아니라 방향이다.

〈끝〉

| 주석 |

12쪽 육분의자리는 폴란드의 천문학자 요하네스 헤벨리우스(1611~1687년)가 이름 붙인 별자리로, 사자자리와 뱀자리 사이에 희미한 4등성과 5등성의 별로 이루어진 작은 별자리다. 육분의는 천체의 위치를 재는 도구로 천문학자들에게는 없어서는 안 될 관측기구이며, 먼바다로 나가는 큰 배의 자기 위치 파악에 필수 도구로 쓰인다. 미국 해군사관학교에서도 디지털 시대 이후 한동안 정규 수업 과정에서 빠졌던 육분의 활용법을 적의 전파교란에 대비해 다시 정규 수업 과정에 포함시켰다.

22쪽 잎이 긴 다년생 풀로 산 가장자리나 논둑, 밭둑, 길가 양지 바른 곳에서 자란다. 뿌리가 억세어 사방으로 퍼져 자란다. 잎이 긴 풀을 서로 잡아매니 달리는 말이 걸려 넘어져 적장을 잡을 수 있었다는 '결초보은'의 고사에 나오는 풀이 바로 그령과 수크령이다.

33쪽 이 높이를 가진 산은 대관령으로 육분이는 그곳 산마을에서 태어났다.

96쪽 예전에는 뻐꾸기가 막연히 남쪽에서 오는 게 아닌가 여겼다. 2016년 중국과 영국의 탐조 과학자들은 〈베이징 뻐꾸기 프로젝트〉라는 이름으로 아시아 동북 지역에서 여름을 보낸 뻐꾸기 등에 초소형 위성 추적기를 부착해 이들의 이동 경로를 추적했다. 5월 하순에 날아온 이 뻐꾸기들은 8월이 되자 동남아로 향할 거라는 예상을 깨고 티베트고원과 히말라야산맥의 동남쪽으로 빙 돌아 인도 서해안 쪽으로 날아갔다. 거기에서 3천 킬로미터나 되는 인도양을 건너거나 2천 킬로미터가 되는 아라비아해를 건너 아프리카 동부 지역인 소말리아에 도착해 다시 남쪽으로 케냐, 탄자니아를 거쳐 아프리카 남부 지역인 모잠비크, 짐바브웨, 잠비아까지 1만 4천 킬로미터를 이동하는 것으로 밝혀졌다.

102쪽 우리나라 절의 불탑에 새겨진 인면조는 경전에 나오는 상상의 새 가릉빈가(범어 kalavinka)이다. 천상의 말씀을 전하는 새인 만큼 자태와 소리가 매우 아름답다. 2018년 평창 동계올림픽 개막식 행사에도 이 새가 등장해 인면조에 대한 많은 관심을 불러일으켰다.

105쪽 이 인면조는 보물 제137호 문경 봉암사 지증대사탑에 새겨진 것으로 통일신라 시대 헌강왕(?~886년) 때 세워졌다.

108쪽 꿀풀과의 한해살이 풀로 잎이 자주색을 띤 깻잎 모양이다. 우수리(烏蘇里)라는 말은 까마귀와 차조기의 땅이라는 뜻이다.

116쪽 (위) 1955년 농촌을 방문한 마오쩌둥은 모기, 파리, 들쥐와 함께 참새를 4대악으로 지목해 대대적인 박멸 작업을 펼쳤다. 둥지에서 깨트려진 알 말고도 한 해 동안 2억 1천만 마리의 참새가 소탕되고, 1956년과 1957년 급격히 불어난 해충으로 흉년이 들자 1958년 소련으로부터 급히 20만 마리의 참새를 사들여 들판에 풀어놓았으나 원래 있던 참새의 수를 회복하는 데 오랜 시간이 걸렸다.

116쪽 (아래) 프로이센 왕국의 프리드리히 2세(1712~1786년)는 참새에 관한 일화를 빼면 종교에 대한 관용 정책을 펼치고 재판 과정에서 고문을 근절한 계몽 군주였다. 뛰어난 군사적 재능과 합리적인 국가 경영을 발휘해 프로이센을 최강의 군사 대국으로 성장시켰다. 그 공적을 기려 후세에 독일인들은 그를 '프리드리히 대왕', '영광의 프리드리히(honor of Frederick)'로 부른다.

120쪽 샹그릴라는 평화와 풍요와 안락을 상징하는 땅이다. 1933년 영국 소설가 제임스 힐턴은 자신의 소설 『잃어버린 지평선』에서 히말라야산맥 언저리의 어느 티베트 마을을 무대로 평생 늙지 않고 영원히 젊음을 누릴 수 있는 유토피아를 그려 냈다. 1997년 중국 정부는 윈난성의 중뎬이 바로 소설 속의 샹그릴라라고 공표하고, 2001년에는 아예 지명을 샹그릴라로 개명했다. 개명 전에는 한 해 방문자가 7만 명에 불과하던 오지 마을이 관광지로 탈바꿈하여, 지금은 연간 1천만 명의 관광객이 이곳을 찾는다. 일 년 내내 봄만 계속되는 이유는 이곳이 북위 25도의 아열대 기후 지역임에도, 히말라야산맥 가까이에 해발 2,500~3,000미터에 달하는 평탄 고원이기 때문이다.

125쪽 독수리에 대한 거짓 자기 갱생 얘기는 한때 너무도 사실인 것처럼 알려져 국내 거의 모든 경영 컨설턴트와 자기계발 지도사들이 기업 강연과 중년 퇴직자들을 위한 교육 프로그램에 나가 기회 있을 때마다 이 얘기를 했다. 후일 국무총리 후보로 지명되기도 한(그러나 임명되지 못하고 낙마한) 어떤 메이저 신문의 주필까지 이 얘기를 확고한 사실처럼 믿고 칼럼에 쓰기도 했다. 어떻게 보면 이와 비슷한 이야기가 필요했던 집단 강박이 만들어 낸 우리 시대의 거짓 자화상과도 같은 이야기였는지도 모른다.

134쪽 고아는 인도 서해안 중간쯤에 있다. 이곳에서 서쪽으로 접한 인도양을 건너면 동아프리카 지역이 나온다.

135쪽 오리엔탈 스칼렛 잠자리(oriental scarlet dragonfly)라고 불리는 인도의 고추잠자리. 고추잠자리는 세계 어느 곳에나 있지만, 인도에서 아프리카로 장거리 이동하는 이 고추잠자리는 매우 특이한 종이다. 이들은 장마 때 알을 낳을 민물을 찾아 북동 몬순과 남서 몬순을 따라 끊임없이 이동하는데, 길이 5센티미터밖에 되지 않는 몸으로 1만 6천 킬로미터의 인도양 한 바퀴를 4세대에 걸쳐 이동한다. 북아메리카 제왕나비가 멕시코에서 캐나다까지 3천 킬로미터를 땅 위에서 이동하는 것과 비교하면 4대에 걸친 이들의 이동 사이클이 얼마나 큰지 짐작할 수 있다.

136쪽 새호리기도 뻐꾸기와 마찬가지로 아시아 동쪽에서 여름을 난 다음 아프리카로 이동한다.

137쪽 이것은 2016년 영국과 중국의 조류학자들이 공동으로 실시한 〈베이징 뻐꾸기 프로젝트〉 제1 뻐꾸기의 이동 경로이다.

138쪽 이것은 〈베이징 뻐꾸기 프로젝트〉 제2 뻐꾸기의 이동 경로이다.

153쪽 위버새(weaver bird). 집짓기의 명수인 이 특이한 이름의 새는 야자나무 잎 같은 긴 나뭇잎 줄기로 베를 짜듯 엮어 둥지를 짓는다. 때로는 집단으로 매우 복잡하고도 거대한 구조물 같은 둥지를 짓는다. 이들이 짓는 공동 둥지의 높이가 수 미터에 이르고, 둥지의 규모가 커서 나뭇가지가 찢어지기도 한다.

155쪽 암컷이 산란한 뒤 알을 입속에 물고 있으면 수컷이 다가와 알을 수정시킨다. 수정된 알들이 부화해 어느 정도 성장할 때까지 계속 입에 물고 보살핀다. 때로는 수컷이 입에 물고 있기도 한다. 알을 입에 넣고 있는 내내 입을 벌리고 있는 것은 입속의 알에게 산소를 공급하기 위해서다.

157쪽 몸길이가 7~10센티미터밖에 되지 않는 작은 민물고기이다. 우리나라 고유종으로 서식 범위가 좁은 데다 하천 개발과 오염으로 개체수가 줄어들어 멸종위기 야생생물 1급으로 지정하여 보호하고 있다. 맑은 물이 흐르는 자갈 바닥에 살며, 육식성 물고기인 꺽지가 알을 지키고 있는 산란장에 침입하여 자신의 알을 낳아 맡긴다.

| 작가의 말 |

붉은머리오목눈이.

흔히 부르는 말로 뱁새.

크기는 꽁지까지 합쳐 12센티미터. 무게도 10그램이 채 되지 않는다.

봄여름, 두 번 알을 낳아 새끼를 기른다.

이 작은 새의 둥지를 찾아 멀리 아프리카에서 날아오는 새가 있다. 뻐꾸기는 둥지를 지을 줄도 알을 품을 줄도 모른다. 뻐꾸기가 몰래 알을 낳고 가면 붉은머리오목눈이가 그것을 자기 알과 함께 품는다. 뻐꾸기 알이 하루나 이틀 먼저 부화한다. 이제 막 알에서 나온 뻐꾸기 새끼가 다른 알들을 필사적으로 둥지 밖으로 밀어낸다.

제 새끼를 밀어뜨려도 붉은머리오목눈이는 저보다 몸집이 열 배는 더 큰 뻐꾸기 새끼를 한 달가량 거의 필사적으로 벌레를 잡아 먹이며 키운다. 해 긴 여름 아침부터 저녁까지 잠시도 쉬지 않고 먹이를 잡아 나르다가 새끼를 다 키운 다음 힘에 부쳐 목숨을 잃는 어미 새도 있다. 다 자라서 하늘을 날게 되면 빼꾸기 새끼는 온다 간다 말 한마디 없이 훌쩍 어미 새 곁을 떠난다.

그런 빼꾸기 새끼에 대한 원망과 그리움으로 아프리카로 떠나는 붉은머리오목눈이의 삶과 여행을 담았다. 새나 사람이나 한세상 살아가는 이야기는 크게 다르지 않을 것이다. 아마 생각도 그럴 것이다.

내가 본 것은 그 안에 깃들어져 있는 자연의 지극한 모성이다.

자연이 어머니고, 어머니가 자연이다.

이 책을 이 세상 모든 생명의 어머니께 바치는 이유이기도 하다.

빼꾸기가 돌아올 여름을 기다리며

2019년 봄

이순원

오목눈이의 사랑

초판 1쇄 2019년 3월 5일
초판 2쇄 2019년 7월 25일

지은이 | 이순원
펴낸이 | 송영석

주간 | 이진숙 · 이혜진
기획편집 | 박신애 · 정다움 · 김단비 · 심슬기
외서기획편집 | 정혜경
디자인 | 박윤정 · 김현철
마케팅 | 이종우 · 김유종 · 한승민
관리 | 송우석 · 황규성 · 전지연 · 채경민

펴낸곳 | (株)해냄출판사
등록번호 | 제10-229호
등록일자 | 1988년 5월 11일(설립일자 | 1983년 6월 24일)

04042 서울시 마포구 잔다리로 30 해냄빌딩 5 · 6층
대표전화 | 326-1600 **팩스** | 326-1624
홈페이지 | www.hainaim.com

ISBN 978-89-6574-675-1

파본은 본사나 구입하신 서점에서 교환하여 드립니다.

이 도서의 국립중앙도서관 출판예정도서목록(CIP)은 서지정보유통지원시스템 홈페이지(http://seoji.nl.go.kr)와 국가자료공동목록시스템(http://www.nl.go.kr/kolisnet)에서 이용하실 수 있습니다.(CIP제어번호: CIP2018038668)